神域

SANCTUARY

上

真山仁

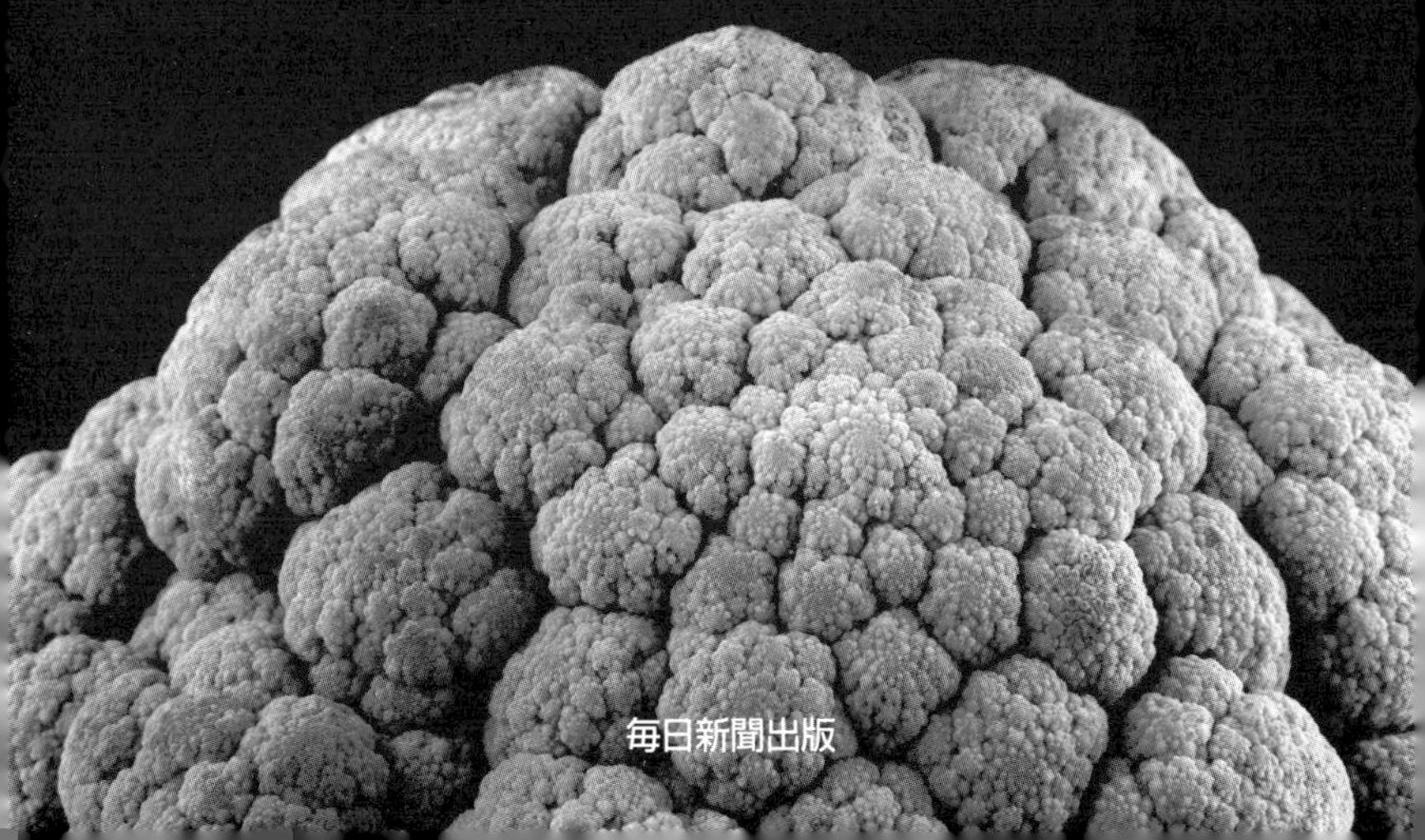

毎日新聞出版

神域《しんいき》 上

神域／目次（上巻）

プロローグ ―― 7
第一章　不審 ―― 17
第二章　接触 ―― 129
第三章　亀裂 ―― 207

主な登場人物

篠塚幹《しのづかかん》　アルキメデス科学研究所長
秋吉鋭一《あきよしえいいち》　東京大学先端生命科学研究センター教授
周雪《ジョウシュエ》　秋吉の研究室で助教を務める中国人留学生
祝田真希《いわたまき》　アルキメデス科学研究所の実験責任者
氷川一機《ひかわかずき》　アルキメデス科学研究所の理事長、Ｉ＆Ｈホールディングス会長
荻田護《おぎたまもる》　氷川専属の主治医
大友正之介《おおともしょうのすけ》　アルキメデス科学研究所の技官　兼　篠塚の秘書

麻井義人《あさいよしと》　先端医療産業開発革新機構（ＡＭＩＤＩ）の革新事業推進本部長
丸岡貢《まるおかみつぐ》　ＡＭＩＤＩ理事長

板垣茂雄《いたがきしげお》　内閣参与
嶋津将志《しまづまさし》　経済再生担当大臣　兼　再生医療産業政策担当大臣
大鹿《おおしか》　嶋津の秘書官
加東《かとう》　内閣府の再生医療産業政策担当審議官

香川鞠佳《かがわまりか》　暁光新聞の医療記者
トム・クラーク　アメリカの医療ジャーナリスト
楠木耕太郎《くすのきこうたろう》　宮城県警宮城中央署刑事課刑事第一係長の警部補
松永千佳《まつながちか》　同署刑事課刑事第一係の巡査部長、楠木の部下
渡辺《わたなべ》　同署生活安全課の巡査部長
浅丘勉《あさおかつとむ》　同署刑事課庶務係の巡査部長
棚橋《たなはし》　同署署長
勝俣浩伸《かつまたひろのぶ》　同署刑事課長
杉原《すぎはら》　宮城県警本部捜査三課長、楠木の同期
立田《たつた》　東北大学医学部法医学教室教授
金子忠《かねこただし》　中華系マフィアの幹部
小野田玄太《おのだげんた》　質屋で故買業を営む老人
諸積惣一朗《もろづみそういちろう》　元東京大学理学部教授
篠塚幹夫《しのづかみきお》　篠塚幹の父

プロローグ

始まりは三十年前の秋だった――

「お義母《かあ》さま！　何をしてるんですか！」

聞いたこともないような母の叫びが聞こえて、彼は自室を飛び出した。祖母の部屋のドアが開いていて、中では争う声がする。ドア越しに、祖母と母がもみ合うのが見えた。

ウソだろ。

その光景を、にわかには受け入れられなかった。

祖母の顔が大便まみれになっている――、否、食べている。

それを、母が必死で止めている。

彼の足は恐怖で震えていた。

その時、母と目が合った。

「あっちに行ってなさい！」

悲痛な声と共にドアが閉められた。室内から、激しく争う物音がした。そして、最後は獣の雄叫《おたけ》びのような声が聞こえた。

彼は驚いてドアノブを握った。だが、内側から施錠されて入れない。

「お母さん、大丈夫なの？　開けてよ」

母の怒号と、人とは思えぬ雄叫びが家じゅうに響く。

恐怖で膝の力が抜け、彼はその場にへたり込んだ。

祖母がおかしくなったのは、二ヶ月前からだ。食事を終えてすぐに、「ごはんは、まだかしら？」と言ってみたり、外出先からの帰り道が分からなくなって、交番に駆け込んだりという奇行が続いた。

最初は「私も年ね」と苦笑いするご愛敬《あいきょう》程度だった。

その後、パジャマ姿に裸足という格好で、街を彷徨《さまよ》うことが二度、それから祖父の愛人だと言って、母に向かって包丁を振り回したのが一度……。

一体、祖母はどうなってしまったのだろう。

祖母の部屋から大声が聞こえなくなった。

ドアが解錠され、母が出てきた。

母の顔は大便と血で汚れている。ブラウスは袖がちぎれていた。そして悪臭。

「おばあちゃんは？」

「大丈夫よ。落ち着いた。でも、お願いだから、部屋にいて頂戴。お母さんも今、混乱して辛《つら》いの。だから、お願い」

人は年寄りになれば、大なり小なりボケていく。だが、こんな狂乱状態になるとは。その日を境に、母と祖母は修羅の人になった。

まるで生き地獄だった。

そして、特別養護老人ホームに入所した三ヶ月後に、祖母は自室で首を吊って命を絶った。

〝こんなわたしはいやだ〟――ほとんど判別不能な殴り書きの遺書が、チラシの裏に書かれていた。

その日から、彼は考え続けている。

人間の尊厳を壊滅させるほどのボケとは何か。老いとは何だ、それは病なのか。病ならば治す方法があるはずだ。

自分はそこに一生を捧《ささ》げよう――。

＊

〝奇跡の細胞〟がその産声を上げたのは、七年前、東京に大雪が降った夜だった。

篠塚幹《しのづかかん》は核磁気共鳴画像法《MRI》の画像を拡大して、パソコン画面に映し出した。実験用C57BL/6《マウス》の脳の画像だった。アルツハイマー病の状態を人工的につくり出したマウスに、篠塚と秋吉鋭《あきよしえい》一《いち》が発明した〝フェニックス7〟——人工万能幹細胞《IUS》を移植した。

アルツハイマー病は、脳内にアミロイドβ《ベータ》というタンパク質が蓄積し、それによって大脳が萎縮した時に発症する。進行すると、大脳細胞が破壊されて、脳に鬆《す》が入ったようになり、患者に様々な生活障害をもたらす。

ヒトの細胞の多くは死滅と誕生を繰り返して入れ替わるが、脳細胞に限っては、海馬などごく限られた細胞以外は、このような仕組みを持たない。つまり、死滅した脳細胞はそれきりなのだ。そのため、アルツハイマー病には、特効薬がないとされてきた。

フェニックス7は、その不可能の領域に風穴を開けるはずなのだ。

パソコン上の画面に写っているのは、親指ほどの大きさしかないマウスの脳の断面図が二枚。右にあるのは、フェニックス7移植前の脳の状態だ。脳内の細胞は、到る所に空洞が生じ、すかすかだった。

一方、左側の図は移植後二週間の状態だ。明らかに、鬆が消え、脳細胞がびっしりと詰まっているように見える。

「鋭一！」

別のマウスの断面図を睨んでいた、相棒がこちらに顔を向けた。

「なんだ、情けない声出して。ポルターガイストでも起きたか」

「いいから、来てくれ！　これを見てくれ。脳細胞が再生されている！」

そう叫ぶ声が、かすれて裏返っている。だが、興奮で全身が硬直してしまってまともに声が出ない。

鋭一がため息交じりに立ち上がり、篠塚のデスクトップを覗き込んだ。

息をのむ音がしたかと思うと、篠塚の肩を摑んでいた腕に力が籠もった。

「三十六時間ぶっ続けで起きていたから、幻覚を見ているんじゃないよな」

動悸が激しくて、喋るのも苦しかった。

「クソ！　何でもおまえが見つけるんだ。この世紀の一瞬のエクスタシーを、僕が最初に味わいたかったのに！」

次の瞬間、鋭一は奇声を上げ、篠塚を抱きしめた。

「クソクソ、やったじゃないか。俺たち、とんでもないことをやったぞ！」

息ができないほど抱きしめられたと思ったら、鋭一は踊り始めた。

午前三時五分。フェニックス7によって、アルツハイマー病のマウスの脳細胞が再生されたことを確認した。

その実感が、篠塚の全身にゆっくりと染み渡った瞬間、篠塚も叫び声を上げ、鋭一の踊りに加わった。

やった！　俺たちは、奇跡を起こした！

それが声になった瞬間、篠塚は涙が止まらなくなった。

*

日本のためにひと肌脱いでみようと思ったのは、一年前の夏の夜だった。

麻井《あさい》義人《よしと》は三日前に、ロサンゼルスから一時帰国していた。

そしてこの夜、「相談がある」と連絡してきた人物と、東京プリンスホテルの和食レストラン「清水」で会うことになっていた。

麻井を呼び出したのは、丸岡《まるおか》貢《みつぐ》、七十二歳。二ヶ月前まで、オメガ・メディカルという外資系製薬会社の会長を務めていた。元々は、日本最大の製薬会社・山雅《やまが》薬品の開発担当専務を務め、同社が、スイス系の製薬大手企業オメガを買収した時に、社長に就任し、大きな成果を上げた。

米国の医療系ベンチャー・キャピタルのマネージング《M》・ディレクター《D》を務める麻井は、以前から丸岡とは面識はあったものの、じっくり話をしたことはない。丸岡のような業界の大物から「相談」を受けるなんて思ってもみなかった。

不可解なまま麻井は、約束の時刻よりも十分ほど早く店に到着した。既に丸岡は待っていた。

「お待たせしてしまって、大変申し訳ございません！」

一体どうなっているんだ、と驚きながらも、麻井は神妙に頭を下げた。

「いやいや、私が早く到着しただけだから、さあさ、座って」

丸岡は、麻井を上座に座らせようとした。固辞したが、最後は押しに負けて従った。

「それにしても、このところの麻井さんの活躍は、目を見張るねえ」

シャンパンで乾杯した丸岡は、上機嫌だった。そして、麻井が投資しナスダックに上場したバイオ・ベンチャーの企業名を三社並べた。

「丸岡会長に、そこまでご注目戴き、恐縮です」

「今や、君はバイオ・ビジネス業界ではカリスマじゃないか。『アサイが投資した企業は、買い！』という伝説まで生んでいる」

そういう噂があるのは事実だが、丸岡ほどの人物に絶賛されると、むず痒い。一体、この方は、俺に何の相談をしようと言うのだ。

「それで君は、日本のバイオ・ベンチャーをどう見る？」

「二、三注目している研究はありますが、まだまだ未成熟ですね。研究は素晴らしいのにカネを集められなかったり、ビジネスにばかり前のめりで、研究が杜撰《ずさん》だったりという印象です」

「まさに！　私も全く同感なんだ。そこで、頼みがある」

いきなり丸岡は、文書を差し出してきた。

表紙には、国立研究開発法人　先端医療産業開発革新機構、Japan Advanced Medical Industry Development Innovation Organizationとある。

「来月に、設立する政府の国家プロジェクトの概要書だ。私が理事長を務めている。それで、君に投資部門の責任者になって欲しいんだ」

概要書によると、通称ＡＭＩＤＩこと先端医療産業開発革新機構は、再生医療を中心としたバイオテクノロジーを国家プロジェクトとして捉え、政府が有力なバイオ・ベンチャーに積極的に投資するための組織だという。

設立時の予算は、五〇〇億円という規模で、民間の金融機関とも連動し、国際競争力のあるバイオ・ベンチャーを日本で育てるらしい。

「具体的には、どんな投資のスタンスなんでしょうか」

「とにかく手続きを簡略化して、日本の将来有望なバイオ・ベンチャーに投資する。その目利き部門の責任者を任せたい」

麻井の母は腎臓病を患い、人工透析で苦しんでいた。そのため、腎臓病を完治できる医者になりたいと、医学部を目指した。なんとか医学部には滑り込んだものの、医局の旧態依然とした体制に馴染めなかった。その上、現在の医療は、対症療法が中心で、疾病の根絶や完治を目指そうという志向に欠けていた。

そこで再生医療に早くから注目したのだが、麻井の能力では、最前線の研究者になるのは不可能だと判断し、再生医療を支援する側の道を選ぶ。

大学四年の時に渡米して医療ビジネスを学んだ後、複数のバイオ・ベンチャー・キャピタルに籍を置き、実績を積み上げてきた。

アメリカで結果を残せたことには満足していたが、日本のバイオ・ベンチャーの遅れが、気がかりだった。

そもそも日本のバイオ・ビジネスは、皆、大学の研究室レベルでしかない。ビジネスと呼ぶには分不相応なものばかりだった。たまに目覚ましい研究成果を上げるラボはあるが、様々な制約に縛られ、実用的な研究開発が阻まれていた。

もっと自由度が高く、現実的なバイオ・ベンチャーを育てなければ、日本が世界のバイオ・ビジネス競争から脱落するのは、時間の問題だった。

いつかは日本のために尽くしたいと考えているものの、結局そのタイミングを摑めずに現在に至っている。

「聞けば、君は日本のバイオ・ビジネスの常識を根底から覆したいと考えているそうじゃないか」

「どなたから、そんな話を？」

「ベンジャミン・バラックだ」

「ベンジャミンを、ご存知なんですか」

麻井の会社の副社長だ。

「昔、ボストン大学で一緒に学んだことがあるんだ。私は、随分おじさんになってから留学したから、年齢は十五歳ほど違うがね。それよりも、どうだね、日本のバイオ・ベンチャーのためにひと肌脱いでくれないか」

今の会社をそろそろ「卒業」するタイミングが来ているのも、丸岡はバラックから聞いているのだろうか。

麻井は、渡された趣意書に目を通した。ここに書かれていることが事実なら、日本のバイオ・ビジネスはベンチャーで生き残れるかも知れない。

「日本は、スローガンだけ立派ですけど、結局は象牙の塔の住人や政府が横やりを入れて、ビジネスチャンスを逃します。この機構が、そうならない保証があるんでしょうか」

失礼だと思ったが、これまでに、何度も机上の空論に失望させられてきた。

「だから、君が必要なんだよ。私はもう年だ。最前線で、ベンチャーの精査をしたり、研究者と連携するのは難しい。そして、この仕事は、誰にでもやれるものでもない。可能な限り、君に投資先の決定権を委《ゆだ》ねたいと思っている。ぜひ、引き受けて欲しい」

ギリシャ神話がいうには、チャンスの神様は、前髪しかないそうだ。すかさず手を伸ばしてその前髪を摑まなければ、チャンスを逃すことになる——。

今、麻井の目の前に、その神様が近づいてきている。躊躇っている場合ではなかった。

「分かりました。では、もう少し具体的な説明をお聞かせ願いたい」

第一章　不審

1

十一月の声を聞くと、東北の空気は鋭くなる。

宮城中央署刑事課刑事第一係長の警部補、楠木耕太郎《くすのきこうたろう》が当直に就いた日も、そんな夜だった。

警察官を拝命して今年で四十年を迎えた楠木は、上昇志向の乏しい男だった。管理職になるよりも、現場で捜査する一刑事としてのキャリアが少しでも長く続いて欲しいと考えている。

刑事としてのさしたる金星がなくても、愚直に刑事《デカ》稼業を続けてきた。そういう仕事が性に合っていたし、少しは社会の役に立っているという自負が心の支えだった。

とはいえ、冬場の当直は辛く、もう少し昇任試験を頑張っていればと思ってしまう。警部になると、当直は免除されるからだ。

もっとも、東北の地方都市では、当直長が現場に出張《でば》るような事件は滅多に起きない。そもそも県内の殺人事件の年間平均発生件数が、七・五件というのだから、日々平穏この上ない土地柄なのだ。

「係長、八十二歳になるオヤジさんが行方不明になったという方が、来ております」

署の受付に陣取っていた若い警官が敬礼して告げた。ぼんやりと眺めていたニュース番組から、楠木は視線を腕時計に転じた。

午後九時十一分――。それをメモに記すと、生活安全課の巡査部長に声をかけた。

「ナベ、頼むわ」

三十八歳になる暴力団担当の渡辺は、それまで週刊誌をめくりながら食べていたカップ麺を慌ててかき込んだ。

直立している若者が視野に入った。

「松田君、行方不明者届を受け付けたことは？」

「ありません」

勤続二年目の外勤課員には、良い経験になるかも知れない。

「ナベ、松田君に勉強してもらう。あんたは、サポートにまわってくれや」

渡辺はスープを豪快に飲み干すと、「面談室に通して、届け出用紙に記入してもらえ」と、後輩に指示した。

「あの、その届け出用紙はどこにあるんですか」

渡辺は舌打ちしながら、当直室内にある抽斗《ひきだし》を指さした。

「次からは教えんからな。聞いたら、罰金一万円だ」

「何罪ですか」

生真面目そうな五分刈り頭の松田が返すと、渡辺は躊躇《ちゅうちょ》なく頭を叩《はた》いた。

「職務怠慢罪に決まってんだろうが。つまらんこと言わずに、さっさと行け」

松田は慌てて敬礼すると、用紙を手に当直室を出て行った。

「あんまり虐《いじ》めんなよ。最近の若いもんは、すぐ辞めんだから」

「アイツは大丈夫っすよ。前に口答えしたことがあって、思いっきりぶん殴ったんすけど、ちゃんと『ありがとうございました！』って敬礼しましたから」

ったく。署内の暴力を公言するなと何度も言うのに、こいつの習慣は昭和スタイルなのだ。

「それにしても最近、年寄りの捜索願が多いな」

「そうっすね。ボケても死なない年寄りが増えたからでしょうね」

酷《ひど》い言い方だったが、その通りなのだろう。

楠木の実母も一年ほど前から認知症で、日に日に悪化していた。夜の徘徊《はいかい》が始まっており、家族全員が疲労困憊《こんぱい》していた。それで遂に、認知症でも預かってくれる老人ホームの説明会に参加することにしたのだ。

「いずれは皆が直面する問題だからな。明日は我が身だと思って丁寧に応対してくれよ」

見た目はヤクザと変わらないが、根は優しい渡辺だった。

カップ麺の容器を炊事場のゴミ箱に棄《す》て、手を洗うと、渡辺は面談室に向かった。

ところが十五分ほどで、渡辺が戻ってきた。

「楠木係長、届出人は仙台市議だそうです。それで、行方不明の父親の捜索を頼んでいるのに、誠意がないと」

「ここは宮城市だぞ」

「もちろん、そう言いました。でも、うちの市長が、高校の同級生とかで」

だから、何なんだ。

「要するに、便宜を図れってことでしょ。ふざけやがって」

そういう特権意識が嫌いだと、渡辺は全身で訴えている。それは楠木も同様だが、だからといって無視するわけにもいかない。

仕方なく、楠木は腰を上げた。

犯罪相談や行方不明者届などを受け付けるために設けられた面談室は、ロビーの奥まった場所に六部屋ある。

問題の人物は、三号室にいた。室内に楠木が入った時、江崎という巨体の仙台市議は声を張り上げて、松田に訴えているところだった。

「当直室に警官が大勢いるじゃないか。彼らを総動員して、早く父を捜してくれ。今日の冷え込みだと、大変なことになりかねない」

「大変失礼しました。当直長の楠木と申します。私がお話を伺います」

松田に代わって、市議の隣に座っている中年女性の正面に座った。

「お話を伺うだと。もう、この若者に全ての事情は話したよ。写真も渡した」

だが、テーブルにある行方不明者届は、空欄のままだ。

「手配するのに必要ですので、まずはこれにご記入ください」

話にならないと言いたげに市議は首を振ると、連れらしい中年女性が代わりに書き込んだ。

「失礼ですが、お父様のご不在を確認されたのは、いつですか」

「もう話したんだから、君が説明しろ」

市議は松田に促している。どうやら、人に命令するのが趣味のようだ。

「お手間を取らせますが、ご自身でお答えください」

だが、市議は答えようとしない。

「今日の午後八時半頃です。私が実家を覗きに行ったら真っ暗で、父の姿が見えませんでした」

女性が記入しながら説明した。

「お父様は、独り暮らしだったのでしょうか」

「そうだ。私は家族と仙台で暮らしている。妹は、実家から一〇キロほど離れた桜西町《さくらにしまち》に住んでいる」

女性の左手の薬指に、結婚指輪があった。

「真っ暗だったということは、つまり午後五時前には、既にご自宅にいらっしゃらなかったんですね」

「なんだ、あんたは、シャーロック・ホームズ気取りか」

この市議は、人を不快にする天才だな。こんな人物が、どうすれば当選できるんだ。

「そんなつもりはありません。ただ、最近の日の入りは、午後四時半頃なものですから」

「父は、夜になっても電気も点けずに家の中にいることがあるんだ」

それだけ認知症が進んでいたわけか。

「失礼ですが、お父様は認知症を患ってらっしゃったのですか」

「そんな重くないですが、アルツハイマー病と診断されました。時々癇癪《かんしゃく》を起こしたり、物忘れが酷くなっています。これまでにも徘徊はありましたが、迷子になったと本人からのSOSの電話が必ずあったんです。どこを捜しても見つけられないのは、今日が初めてです」

「おい朋子、軽はずみなことを言うな。俺たちが捜しきれていないだけかも知れないだろ！」

妹は、勢いよくボールペンをテーブルに置いた。まだ、記入は終わっていない。

「兄さん、ずっと父さんの介護を私に押しつけておいて、そんな言い方はないでしょう？　社会福祉の行き届いた仙台市を目指すだなんて、ちゃんちゃらおかしいわ！」

気の強さは、兄と変わらないようだ。

「恐れ入りますが、今は、喧嘩《けんか》なさっている場合ではないですよ。朋子さん、お父様に会われたのは、昨日ですか」

「一昨日の昼間です。実家には、毎日午前十時から午後三時まで、介護ヘルパーが来ています。ヘルパーさんに確認したところ、今日、業務を終えて帰る時まで、父は家にいたそうです」

楠木は、二人の話を丁寧にメモした。

「その時、変わった様子は？」

「なかったと聞きました。ですが、このところ、七年前に死んだ母が生きているように振る舞ったり、私を母と間違ったりというような混乱が起きていました。今日は、兄が中学生だと思っていたようで、部活の話をしていたようです」

「いくつになってもむかつくオヤジだな。俺が中体連の競技会で、市の代表に選ばれなかったのを、ぐだぐだと話してたんだろ」

「ちなみに中体連の競技というのは、どこで行われたんですか」

アルツハイマー病を患っているなら、その競技場に行った可能性もある。

「宮城市立の総合運動公園。津波で大きな被害を受けたところだ」

宮城市は、二〇一一年に発生した東日本大震災の津波によって大きな被害を受けた。沿岸部は壊滅し、一七〇〇人余りの死者行方不明者を出した。

現在は、沿岸部に高さ約一五メートルの防潮堤が築かれ、総合運動公園のあった場所は、六メートルほどかさ上げされて、復興住宅が建っている。

「これまでは、どこで見つかっていたんですか」

「迷子になると、父はいつも交番に駆け込んだ。そして、迎えに来て欲しいと、妹を呼ぶ」

「でも二週間前は違いました。夕方に自宅を抜け出して、かつて自分が校長を務めた小学校の校庭にいました」

「そんな話、初めて聞く」

「仙台市の復興に邁進《まいしん》されている著名な仙台市議さんのお手を煩わせる必要もなく、事なきを得ていましたから」

どこの小学校かと尋ねると、津波の被害を逃れた市立小学校だった。市議の父親は、そこで校長を務めた後に、定年退職したのだという。

「小学校にいらっしゃるのが、よく分かりましたね」

「本人から電話が掛かってきたんです。俺は約束通りに学校に来たのに、なぜ誰も来ないんだと怒って電話してきました」

そのことがあってから、父親にはGPS搭載のスマートフォンを渡していたというが、今夜は寝室のベッドの下に転がっていたそうだ。

「小学校、昔の総合運動場、母の墓など、心当たりの所は全部見てきました。でも、どこにも父はいませんでした」

妹の方は途方に暮れているが、兄の方は、手にしていたスマートフォンの画面に出るメッセージの方が重要なようで、楠木が立ち寄り先を尋ねても上の空だった。もう一度、質問を繰り返すと、ようやくスマホを見るのをやめた。

「思いつかないね。とにかく話は以上だ。一刻も早く捜索隊を編成して、父を捜すんだ」

これが、人にものを頼む態度なのか。

楠木は呆れながら、妹が提出した写真を見つめた。現役の頃は厳格な教育者だったろうことが窺《うかが》える男が写っていた。そんな人物が、自宅に戻れず迷子になったり、支離滅裂な発言をするのだから、子としてはさぞや辛いだろう。

「ご事情は分かりました。しかしながら、本件は事件性がないため、大編成での捜索は厳しいです。ひとまずは、五人で捜索します。そこでお願いですが実家のご近所の方々に、ご協力を仰いで戴けませんか」

「そんな恥さらしできると思うか！　いいか、極秘で捜索するんだ。私の政治活動に支障を来すようなことは、絶対にやめてくれ」

結局、当直員の中から若い連中を選んで捜索に当たらせた。彼らの取りまとめ役に名乗り出たのは、市議への敵意を隠そうともしなかった渡辺だった。

とはいえ、既に氷点下近い気温の中を彷徨う老人の安否を慮《おもんぱか》った渡辺は、若い当直員に的確な指示を飛ばし、自らは捜索範囲を広げて、捜し続けた。

午前三時過ぎには、楠木もパトカーでくり出して捜索を手伝ったが、結局、成果は上げられなかった。

そして、夜が明け始めた午前五時五十一分、一一〇番通報があった。宮城市北部にある用水路に老人が浮かんでいるのが発見されたという。

発見現場に向かった市議と妹は、寒さに凍えながら遺体の確認をした。

「違う、父じゃない。わざわざ呼び出すまでもない。ひと目見ただけで、父の写真と違うぐらい分かりそうなもんだ！」

水死体は、顔の様子も変わりやすい。それで、念のために呼んだのだが、遺体は別人だった。一人の老人が行方不明になり、一人の老人の遺体が発見された。その段階で後者については、生活安全課から楠木が籍を置く刑事課第一係へと担当が代わった。

2

麻井は、永田町の内閣府内にある経済再生担当大臣室で、部屋の主を待っていた。総理の腰巾着であり、再生医療産業政策担当大臣を兼務している嶋津将志経済再生担当大臣に呼び出しを喰らったのだ。

先端医療産業開発革新機構《AMIDI》という長ったらしい名の法人の革新事業推進本部長を務めて一年

余、成果が実現する兆しは、一向に見えてこない。

政府が掲げる新たな成長産業の柱に位置づけられたＡＭＩＤＩは、先端医療ビジネスの育成と支援を目的に設立された。総理が強く期待を寄せる再生医療の強力な産業化を推進し、メディカル大国・ニッポンの実現が至上命題だ。

しかし、様々な規制や、医学部、生命科学関係の権威らの体質の古さに、ほとほと呆《あき》れる毎日だった。

「麻井君、今日は、提案を見送るべきだと思うんだが」

日本再生医療学会では常任理事を務めたＡＭＩＤＩ副理事長の森下勲東大名誉教授が、いつもの調子で後ろ向きな発言をした。

「森下先生。そんなことをしていたら、我々はいつまでたっても前に進めません。確かに研究成果の検証と分析には、今暫《しばら》く時間は掛かります。しかし、いずれもが世界的に画期的な研究なんです。だとすれば、大臣にご提案するのが、我々の義務です」

麻井が言葉を選んでいる間に、丸岡が口を挟んできた。

「しかしねえ。どれも、物議を醸しますよ。また、あらぬ期待を患者さんに与えることにもなる」

「森下先生、医者から見放された難病患者を救うために、我が機構は存在するんです。大臣及び総理のお墨付きを戴き、一気に臨床研究を行うべきです」

丸岡が理事長としての威厳を示した。

ＡＭＩＤＩが基金拠出を提案している医療ベンチャーは三社あった。

一つは、ｉＰＳ細胞での効用が、アメリカなどでは裏付けられつつある脊髄《せきずい》損傷患者に対する再生医療ベンチャーだ。この分野の世界的権威である三田大学の井関教授を中心とした研究チームが、日本では既に実績のある医療ベンチャーとジョイントで新会社を立ち上げようとしている。

次に申請中なのが、心臓の再生に挑む浪速大学医学部の四谷教授の研究チームだ。既に、心筋の再生で実績を上げており、次のステップとして心臓そのものを再生しようという研究に着手、研究は第二段階まで進んでいる。

そして最後は、アルキメデス科学研究所だ。同研究所は、アルツハイマー病によって破壊された大脳細胞を再生する人工万能幹細胞《ＩＵＳ》・フェニックス7を開発、動物実験では実績を上げ、サルで臨床研究を始めた。

アルキメデス科研は、電子制御分野における世界的なリーディングカンパニーのカリスマ経営者が、社会貢献を目的に設立した民間の研究所だ。資金的には余裕があるのだが、実用化に向けての特別待遇を強く求めている。

いずれ劣らぬ夢のある研究に、政府としてのお墨付きと、臨床研究に進む特別な権利を与えられたら、資金を世界中から集めることも可能になる。あわよくば、総理が目論《もくろ》む再生医療大国ニッポンという金看板まで手に入るかも知れないのだ。

しかも、政府が産業育成のために用意した総額五〇〇億円にも及ぶ補助金が、ほとんど手つかずで残っている。それをしっかりと有効活用しなければ、このプロジェクト自体の未来が危うくなる。

なのに森下副理事長は「時期尚早」だと言って、ことごとく退けようとしている。これだから、日本の医療ビジネスはダメなんだ。

大臣の秘書官が「大臣がお戻りになられました」と言うのと同時に嶋津が現れた。

神奈川県選出の当選五回、四十七歳の嶋津経済再生担当大臣は、総合商社で石油関係のビジネスに携わっていたが、「日本を変えるには、最前線の国際的ビジネスマインドが必要！」と与党保守党の候補者公募に合格し、初出馬で圧勝した。

ビジネス音痴と言われる総理の知恵袋的存在で、今やお友達の一人として、めきめきと頭角を現している。

ネクタイは外しているもののスーツ姿の嶋津は汗だくで、携帯型の扇風機を顔に当ててあえいでいる。

「お忙しい中、お時間を戴き誠にありがとうございます」

丸岡理事長が頭を下げると、一同が倣《なら》った。

「さて、丸岡さん、今日は朗報を戴けると聞いていたんですが」

女性秘書が、全員にアイスコーヒーを配り終えないうちに、大臣は報告を求めた。

「大変お待たせしていた革新的支援企業三社をご提案したいと考えています」

麻井が、プレゼンテーションを開始した途端に、大臣が待ったをかけた。

「おい大鹿《おおしか》君、メディカル担当の幹部はどうしたんだ？」

経済産業省から出向している秘書官の大鹿に質問が飛んだ。

「部屋で待機していますが」

「すぐ、呼んでくれ」

麻井としては、本当はメディカル担当チームには参加して欲しくなかった。彼らは厚生労働省や文部科学省からの出向者で旧態依然とした発想の持ち主が多く、森下同様、提案を潰しかねない。

大臣室に戻ってきた大鹿に続いて、加東審議官ら五人のメディカル担当者が部屋に入ってきた。

そこで改めて麻井はプレゼンテーションを始めた。

分かりやすさを心がけたが、参加者の半数は「理解不能」だったらしい。

「加東さん、どうですか」

「フェニックス7以外は、これまでも何度か俎上《そじよう》に載っていた案件かと存じます。前回は、確か一ヶ月前に審議したかと記憶していますが、さしたる進展は見られません。また、両者ともに、実験データの信用度に今一つ問題があり、追試験を行う指導をしたところでございますが、その点の説明がありませんでしたが」

文科省内で医療教育と研究支援に長年携わりながら、出世争いから弾き出されて内閣府にいる加東は、その恨みを下に向けてくる。

やれやれ、嫌なことばかりよく覚えていやがる。

「審議官、失礼しました。明日には、両者から追試結果の報告があがってくる予定です。暫しお時間を戴ければ幸いです」

「では、判断は、その後に」

「なあ、加東さん、僕はもう少し鷹揚《おうよう》でいいと思うんだがね。世界の医療ビジネスは、どんどん先に進んでいる。iPS細胞の発見で山中教授がノーベル賞を受賞したのに、それが人間の治療に使えないでは、総理からお叱りを受ける」

嶋津大臣が呆れたように言った。

「しかし、やはり先端医療については、慎重の上にも慎重を期す必要がございます」

「じゃあ、このアルツハイマーに画期的効果というフェニックス7はどうだね。必要条件は揃《そろ》っていると思うんだが」

嶋津がアルキメデス科研案件に注目したのが、麻井は嬉しかった。

この案件こそ一刻も早く実用化すべきものとして、麻井は心血を注いでいる。

「対象部位が脳ですからね。さらに慎重を要します。森下先生のご意見を伺えますか」

森下は、脳神経内科の出身だ。

「左様ですな。試みとしては面白いが、加東審議官のご指摘は一考に値しますな。脳については、機能についてすら未解明の部分が多数あります。その段階で、ＩＵＳ細胞を移植するというのは、拙速に過ぎるかと」

不満を表明するかのように丸岡が咳払いをしたが、森下は気にもしない。だが、嶋津大臣の興味を引いた。

「僕はこのアルキメデス科学研究所の案件には夢があると思うな。しかも、この研究所は、震災復興のための創造的復興プロジェクトの目玉施設として、宮城県に設立されている。イメージも良いいね」

一九九五年に起きた阪神淡路大震災復興時にも、被災地の創造的復興特区として神戸市に医療関係の先端施設の建設を計画、理化学研究所や肝臓移植の民間企業を誘致し支援もした。

そして、二〇一一年の東日本大震災の際にも、創造的復興として宮城県内に国立大学付属の遺伝子研究の巨大な施設を設けた。アルキメデス科研の建設もその一環として計画され、仙台市に隣接し、甚大な津波被害があった宮城市に誕生したという経緯があった。

「長寿だけではなく、尊厳を持った人生を全うするための『人生謳歌革命』を総理が提唱されているのは、知っての通りだ。日本は長寿大国にはなったが、最期まで理性を失わずに一生を全うできるわけではない。だから、この案件は、国として後押ししたい」

大臣の一言で、よし！　テーブルの下で麻井は拳を握りしめた。

「では、正式に第三者機関による支援審査会を組織する準備を致します」

加東があっさりと引き下がった。

官僚的な従順さ故とも言える。だが、もう一つ大きな理由は、この支援審査会がくせ者で、審査委員の人選の権限を加東が握っているからだ。つまり、彼の意のままの結果を残せるというわけだ。

「大臣、そして加東審議官、ありがとうございます。では早速、各関係者に報告致します。そして、ご指摘の二件については、追試結果を一刻も早く提出するように努めます。そして、アルキメデス科研案件については、審査会でのプレゼンテーションの準備を進めるように申し伝えます」

丸岡が起立して頭を下げた。

3

「またですか！　今回は、絶対大丈夫だと、太鼓判を押されたはずですが」

フェニックス7の早期治験の承認が、内閣府の審査会で見送られたと聞いて、篠塚は怒りを抑えられなかった。

麻井が電話の向こうでしきりに詫びている。

〝力及ばずで済みません。しかし、まだ逆転の望みはあります。それで伺いたいことがあります。ある委員から、フェニックス7に甚大なトラブルが発生したという噂があるが、事実かと質されました〟

「どんな噂ですか」

〝フェニックス7を移植したサルが、立て続けに死んだとか〟

酷いデマだ。

脳細胞の増殖が止まらず、頭蓋骨を破壊してしまった事例が出た。だが、立て続けではない。

「トラブルではありません。研究段階で、副作用が起きただけです」

〝それについて、もう少し具体的に教えて欲しいんです〟

「現在、原因を調査中です。しかし、事例は、一〇〇分の一以下の確率でしか起きていませんから」

篠塚は、東京大学先端生命科学研究センターにある鋭一の研究室で、電話を受けていた。

審査会でフェニックス7に対しての治験許可が下りた場合、ただちに東大で記者会見を開くため、連絡を待っていたのだ。

鋭一はパソコンでゲームに興じている。電話に関心もなさそうだ。

〝分かっている範囲で、レクチャーしてもらえませんか〟

原因が分からない段階で、AMIDIの幹部に説明したくなかった。確固たる裏付けもない状況で、推論を述べて、邪推されるのが一番迷惑だからだ。

「もう少し、時間をください。この件が解決して、対処可能であることを証明したら、我々は前に進めるんですか」

〝間違いなく！〟

麻井が、躊躇いなく断言した。

政府関係者の中で麻井は、フェニックス7を最も評価してくれている人物ではある。だが、彼は安請け合いをする傾向がある。

「では、解明を急ぎます」

〝よろしくお願いします。いずれにしても、来週、お時間をください。私が宮城に出向きますので〟

来週に時間を取るのは厳しいと答える前に電話は切れていた。

大きなため息をついて、スマートフォンを上着のポケットに放り込んだ。

「また、見送り？」

鋭一が、ゲームを中断して言った。

「サルの実験での死亡例を問題にしているらしい」

「バッカじゃないのか。実験ってのは、トライアル＆エラーの連続だろうが。それらを踏まえて、前に進むんだ。そんな実験のいろはが分からんようなバカどもに審査されるとは、フェニックス《P》7も可哀想に。一体どういう奴らが、審査しているんだ」

審査員の名を肩書き付きで説明した。生命科学、医学、薬学、さらには弁護士まで、斯界の著名人が集まっている。

「研究ではなく、政治力でのし上がった奴ばっかでしょ。しかも、大半は再生医療に批判的な輩じゃないか。そんな顔ぶれじゃあ、僕らのP7のデビューは、来世紀だな」

まったく同感だったが、それに甘んじている場合ではない。

「そういう連中を納得させなければ、フェニックス7は報われないまま終わるんだ」

「まあな。じゃあ、どうする？」

「麻井さんの話では、サルの事故理由を説明できたら、前に進めるらしい」

しばらく考え込んだ後、鋭一が言った。

「分かった。ちょっとアイデアがあるので、真希ちゃんに伝えておく。きっと、それで決着がつく」

実験責任者の祝田《いわた》真希はケンブリッジ大学の生命科学研究所で博士号を取得した生命科学者のエースで、約束されていたケンブリッジの准教授の椅子を蹴って、馳せ参じてくれた。

「鋭一、どうするつもりだ？」

「脳細胞の膨張は、高血圧症や糖尿病、高脂血症などの生活習慣病が原因で、Ｐ7が暴走したんじゃないかと疑っている。それで、様々な生活習慣病になったサルにＰ7を移植してみようと思う」

「いつから始めるつもりだ」

「幹、焦るな。Ｐ7は、氷川だけのもんじゃないからな」

「焦ってないさ」

それが強がりなのは、鋭一には見抜かれている。

鋭一は、アルキメデス科学研究所の理事長、氷川一機《かずき》を嫌っている。金の亡者であり、科学の発展より、己の発展を優先するエゴイストだから、というのが理由だ。

確かに氷川は、世間でそんな風に言われている。しかし、氷川がいなければ、フェニックス7の研究は頓挫していた。

動物実験で問題が起きるたびに改良していたが、そこで思った以上にカネがかかった。やがて大学から科研費の縮小の話が出た。フェニックス7への期待は大きいが、金食い虫で、大学の科研費だけでは面倒を見切れないというのだ。

氷川が、研究費用のみならずアルキメデス科研という最高の研究施設まで用意しようと名乗り出てくれたのは、そんな時だった。

「奴は、善意で俺たちを救ってくれたわけじゃない」

最大の理由は、氷川の血筋がアルツハイマー病になりやすい家系だと、彼が信じているからだ。氷川自身の罹患を防ぐためにフェニックス7の実用化を切望している。そこで、潤沢な科研費を用意して二人を迎えると提案してくれたのだ。

もっとも、鋭一は「あの男は、好きになれない」と科研入りを断った。そこで、東大と氷川が交渉した結果、共同研究という形は取るが、フェニックス7の主研究所をアルキメデス科研に移すことで合意した。

「分かっているよ。でも、フェニックス7の開発に成功して既に七年だ。そろそろ成果を上げたいと思っているのは、俺も同じだ」

「僕もそうだぜ。あと一歩じゃないか。だから、焦るな。そして、バカなことはするなよ」

バカなこととは、何だ!

そう返そうとしたが、自分が動揺しているのを自覚して飲み込んだ。

何事も「なるようにしかならない」を貫く鋭一ほど、自分は強くない。早く結果が欲しい。フェニックス7を待ち望んでいる多くの患者と家族の期待に応えたいという思いは、日々募る。

正直なことを言えば、法律だのプロセスだのを無視してでも、困った人には投与すべきだと思っている。

そもそも医学とは、結果オーライだ。

治療には常にリスクが伴うし、万人に効果のある薬品や治療は存在しない。それでも、可能性に賭けて医師は治療に挑む。

いずれにしても、治療では疾病は根治しない。従来の医学では、失った臓器や細胞の復元は無理だったからだ。

再生医療は、その復元を可能にした。しかも、危険度も低い。

だとすれば、御託を並べず、「人体実験でも良いから、試して欲しい」という患者の声に、真摯に向き合うべきなのだ。

「おい、幹、聞いてるか」

鋭一が声を張り上げたので、我に返った。

「ああ。鋭一のご託宣もしっかり受け取ったよ。じゃあ、俺は帰るよ」

「なんだ、今日はどうせ宴会の予定だったんだ、残念会になったが、参加していけよ」

気になる患者がいた。

そうは言わず、篠塚は麻井から頼まれごとをしたと言って、研究室を出た。

4

最速で所用を片付けて急行した麻井だが、会合場所に到着した時は五分ほど遅刻していた。

今朝、嶋津大臣の秘書官、大鹿から「折り入ってご相談がある」と電話があり、問答無用で時刻と店を指定されていた。

新宿御苑にある全室個室の韓国料理店は、他の部屋に客がいるのかも分からないほど静かだった。一番奥まった部屋に案内されると、既に大鹿が待っていた。さらに、もう一人客がいる。

「やあ、麻井君、久しぶりだね」

「板垣さん⁉」

内閣参与で、医療ビジネスについての総理の相談相手だった。

板垣茂雄は、現三田大学学長であり、日本学術会議会長などを歴任した学術界の重鎮だ。森下などとは異なり「カネを生まない研究は、無駄」が持論で、産学一体化を推し進める豪腕で知られる。

既に七十五歳を超えているはずだが、髪は黒々とし、肌に艶《つや》もあった。元気の源は、毎月再生細胞を皮下注射し、新陳代謝を促しているからだという噂も、あながち否定できない。

「ＡＭＩＤＩの居心地はどうだね？」

「山あり谷ありというところでしょうか」

麻井が正面の席に座るなり、待ちかねたようにシャンパンが運ばれてきた。

「君らしくない曖昧な表現だな。まあ、それはこれからじっくり聞くとして、まずは再会と日本の先端医療の未来に乾杯しよう！」

なぜ、自分が呼ばれたのかが分からぬまま、麻井はグラスに口をつけた。シャンパンには目がないが、板垣の存在が気になって、麻井の味覚は鈍っていた。

「嶋津君にハッパを掛けているんだが、なかなか支援プロジェクトが決まらないそうじゃないか。問題はどこにある？　この国の研究機関の劣化という声もあるが」

内閣参与が、国務大臣を君付けで呼ぶのは失礼な話だが、板垣には、それを許す貫禄がある。

ここは、正直に言おう。

「我々が推薦している三案件については、彼らからの要望さえ通れば、世界を圧倒するほどの成果を上げられます。問題なのは、象牙の塔の住人による後ろ向きな姿勢ですね。我々が有望なプロジェクトチームをいくら推しても、最後は、支援審査会で粗探《あら》しされて、却下されています」

麻井の報告を聞く板垣は、気持ち良いまでに豪快な飲みっぷりでグラスを空ける。大鹿がすかさず酒を注ごうとするのだが、板垣はその手を払って、自分で注いだ。

「それは研究チームの力不足のせいだと聞いているぞ」

「どなたからですか」

「加東や濱岡あたりだ」

濱岡は、支援審査会の委員長だ。生命科学の重鎮で板垣とも親しいはずだが、発想は正反対だった。

大鹿に視線を投げると、彼は小さく頷《うなず》いた。

ざっくばらんに行きましょう、と言いたげだ。

要するに、一向に埒《らち》があかない再生医療ビジネス支援プロジェクトを、強引に進めるために、俺は呼ばれたというわけか。

ならば、遠慮は無用だ。

「そのあたりがガンですかね。なんでしたら、弊機構の森下も仲間に入れてください」

学術界は縦社会で、年下の実績もない者が功労者の批判をするなんぞ、厳禁だった。それでも、言わずにはいられなかった。

「なるほど、諸悪の根源は、そこか」

板垣のリアクションを見て、ここは攻めどころだと判断した。

「このままでは、我が国の精鋭たちの汗の結晶は、画餅で終わりかねません」

「私もそれを心配しているんだ。私が見る限り、ＡＭＩＤＩが推す三つのプロジェクトは、いずれもビッグビジネスを生む潜在力《ポテンシャル》が十分ある。なのに、支援決定ができない。その理由を、君に直接会って聞きたかった。そして、問題の根源を排除して、再生医療ベンチャーの支援を本格化させたい」

さすが板垣だった。まさに「カネを生まない研究は、無駄」と豪語するだけはある。

板垣の目をしっかりと見つめて、麻井は頷いた。

「支援審査会の委員選定の権限があるにもかかわらず、加東審議官がされていることは、私には国賊的行為にしか見えません」

言ってしまった――。監督官庁の高級官僚を、俺は今、カスだと断言したのだ。

テーブルに肘をついて聞いていた板垣が、大きなため息と共に体を起こした。

「大鹿君、嶋津君はどういうつもりで、加東を指名したんだ？」

ずっと二人のやりとりを聞いていた大鹿が、黒縁眼鏡に触れてから口を開いた。

「嶋津さんは、今回が初めての入閣でした。それもあって前任者からの申し送りを遵守し、関係各省の協力を取り付けることばかりに腐心して、人選を各省庁に委ねてしまったんです」

「その結果、国賊野郎が大きな権限を持ってしまったというわけだな」

「ひとえに私の力不足でした」

「大鹿君のせいじゃないよ。嶋津君は昔からビッグマウスのくせに、非難されるのが嫌で日和見主義に走る男だった。だが今回は嶋津君の好きにはさせない」

「何をなさるおつもりなんですか」

思わず尋ねてしまった。

「決まっているだろう。加束を排除する」

内閣参与が、大臣に命令を下すのか——。

「支援プロジェクト決定には、一刻も無駄にできない。審査委員も刷新する。推進派で固めるんだ。選定は、君ら二人に任せる」

望むところだ。

「そういう環境が整えば、あとは麻井君、君の頑張り次第だな」

「私の、ですか」

「例の三つのプロジェクトだよ。一刻も早く世界が認める成果を上げるんだな。とにかく、最低でも一つは、一年以内に結果を出せ」

「なんですって」

さすがにそれは無茶な話だ。

「AMIDIが推薦している三案件については、彼らからの要望さえ通れば、世界を圧倒するほどの成果を上げられます——と、君はさっき太鼓判を押したじゃないか」

見事に嵌《は》められた。

「麻井さん、安心してください。あなた一人を犠牲にしませんよ。私も一蓮托生です」

大鹿が加勢してくれた。こいつはそんなことを言いながら、失敗した時は、全ての責任を俺に押しつけてくるに違いない。それでも、前に進まなければ。

「委細承知致しました。板垣さん、必ずご期待にお応え致します」

「よくぞ言った！　それでこそ麻井君だ」

板垣がスマートフォンを手にして、電話をかけた。

「総理、やはりAMIDIプロジェクトは、守旧派たちによって妨害されていました。しかし、対策はシンプルです。再生医療産業政策担当審議官を更迭するよう、嶋津君に命じてください。明日には、私から後任をご推薦致します。それに合わせて、支援審査会の委員も守旧派を一掃します。それで、総理が目指しておられる政策も軌道に乗ります」

いきなり総理に電話できる板垣の圧倒的な権力に、麻井は憧れた。

通話を終えると、板垣は全員のグラスになみなみとシャンパンを注ぎ乾杯した。

「麻井君、大鹿君、期待しているぞ」

成果を誓うしかなかった。

「もう一つ、麻井君には、是非とも聞いて欲しいことがあるんだ」

あまり聞きたくなかったが、板垣は構わずまくし立てた。

「アルキメデス科研の案件を最優先で進めたい。あれこそ、総理の宿願だ。麻井君は研究の現況を把握しているかね」

「勿論《もちろん》です。私自身が直接担当していますので。実験も順調で、人体での臨床研究も秒読み段階にあります」

「本当か？　深刻なトラブルが起きたと聞いているが」

例の実験失敗の件を知っているのか。板垣の情報収集能力は侮れないな。

「トラブルというよりも想定内のトライアル&エラーです。それに問題は解決したと、まさに本日、報告がございました」

三時間前に、篠塚から連絡があった。副作用の原因はほぼ判明したので、再度サルで確認してから、予定通り、次のステージに進みたいという。

「そうか。じゃあ、実験中のサルが次々と脳卒中になっているという噂は、誹謗中傷の類《たぐい》なんだね」

そんな話まで、既に板垣の耳に入っているのか。

「それは悪質なデマです。あの二人は、今や日本の希望を背負っているんです。成功を阻止したい連中は世界中にいます。だからこそ、一刻も早い国のお墨付きが必要なんです」

「まさしく、そうだな。どんなことをしても君をＡＭＩＤＩに引っ張り込むよう、丸岡に命じて良かったよ」

なるほど。丸岡が、高額報酬や自由度の高い権限を惜しみなく与えてくれたのは、板垣の後押しがあったからなのか。

だとすれば、ますますフェニックス7のヒトへの臨床研究フェーズを急ぐべきだ。板垣という後ろ楯を上手に利用すれば、日本の未来が拓ける。

「再生医療支援自体が、今や最大の国家プロジェクトになっているが、中でもアルキメデス案件は総理案件だと思って、実現に向けて、粉骨砕身努力してくれ」

成功すれば未来の栄光が待っているが、失敗すれば地獄へ一直線だ。

5

「治験と人体実験って、何が違うんですか」

東京ビッグサイトで開かれた再生医療の未来を展望する『バイオフェスタ』のシンポジウムで、聴講者から質問が飛ぶと、一〇〇〇人以上が詰めかけた会場が、ざわついた。

パネリストの一人だった篠塚は、その大胆な質問に、内心でほくそえんだ。

良い質問だ。

ファシリテーターを務める再生医療ジャーナリストの本庄も、篠塚と同様のようだ。

本庄は、国立生命科学研究所で生命倫理委員長を務める依田《よりた》に意見を求めた。

「似て非なるものですな。新薬の開発や再生細胞の作製過程で、その効果や安全性などを徹底的に検証した上で、動物実験を行います。それを踏まえて、新薬の承認審査を行う医薬品《P》医療機器総合機構《MDA》にレギュラトリー《R》サイエンス《S》戦略相談をしながら治験に臨みます。安全性の重視を最優先しながら治験の同意を得た患者さんに試験的に投与、あるいは移植するのが治験です。しかし、人体実験というのは、そういうプロセスを無視して、臨床研究を行うことを意味します。この場合、深刻な副作用や拒絶反応が起きる危険が高い。死に至ることもあり得ます」

依田が説明した「RS戦略相談」は、医薬品や医療機器の開発を進めるために、治験計画などに関して指導・助言を行うものだ。企業や研究機関などは、必ずしも相談する義務はない。しかし、相談せずにPMDAに治験の実施計画を提出し、一からやり直しを命じられては、元も子もない。

さらに、今年一月にWHOが「第三者評価委員会の審査を受けない再生細胞の治験は、原則認めない」というグルノーブル宣言を採択した。日本政府は五月に批准しており、事実上、開発者の自由意思による治験が不可能になった。

その第三者評価委員会のドンと呼ばれているのが、依田だった。

「日本の再生医療は、欧米や中国にどんどん追い抜かれていると、今日の討論でも話題になりましたよね。ならば、もっと積極的に治験ができるようにするべきでは？」

質問者がさらに食い下がると、依田の表情が険しくなった。

「生命の神秘を、軽々しくビジネスの領域に引き摺り込むことに、私は大いなる違和感を抱きます。再生医療についての研究は、まだ日が浅い。ビジネスの成功ばかりに目が行くと、我々は生命の神秘や尊厳を穢《けが》しかねません。だから、臆病なぐらい慎重な方がよい」

これこそが、日本の生命科学界の常識なのだ。そして、彼らの発想が、フェニックス7の前途を暗くしている。

「可能性があるなら、それを積極的に試すというのが、科学なのではないでしょうか」

今度は、本庄が挑発した。

「それは否定しないが、人体で試すとなると、そんな簡単な話ではなくなりますよ。再生医療の開発競争は世界中で進んでいるが、それは大変危険なことだ。もっと長期的視野に立って、安全で信頼性の高い再生医療を、日本は目指すべきだね」

依田の言葉を聞いて、篠塚は父を思い出した。

父の篠塚幹生《みきお》東京大学名誉教授は、依田ですら一目置く生命科学の権威で、脳の研究に情熱を注いできた。

父の再生医療に対する考え方は、依田とそっくりだった。すなわち、再生細胞を医療現場に積極的に活用すべきだという発想に与しない。

そもそも再生細胞そのものに、否定的だ。

父に言わせると、それは神への冒瀆《ぼうとく》になるそうだ。


「依田先生、これは僕の持論なんですが、再生細胞が作製され、難病に苦しむ人は福音が訪れたと大喜びしました。ところが、人体への移植には、相当な時間が必要となるという制限が、国内にはある。これって、治療する術がなかった頃の苦しみより、より酷い苦痛を患者さんに与えていると思うんです。僕が取材した多くの難病患者の方は、人体実験の実験台になってもいいので、再生細胞を移植して欲しいと切望されている。依田先生のお考えだと、このような現場の声を無視することになりませんか」

本庄が依田に食い下がっている。再生医療の全てを知悉《ちしつ》していると言わんばかりの口調が鼻につくが、彼の意見には篠塚も大賛成だ。

生命科学の成果も、医学の進歩も、全ては患者を救うためにある。患者を救えない発明なんて、研究者の自己満足に過ぎない。

依田は、もはや反論する気もないようだ。眼鏡を外して、天井を見上げたきり黙っている。

「私からも一言、よろしいですか」

ＡＭＩＤＩの丸岡理事長が、マイクを手にした。

「依田先生の御指摘は、誠にごもっともだと思います。しかし、本庄さんがおっしゃった言葉も、重い。医療は、患者さんを救うためにありますから。それをすぐにビジネスに結びつけるつもりはありません。しかし、患者さんの苦しみを考えると、私は、日本はもっと治験までのプロセスを簡素化すべきだと考えています」

「日本の再生医療のベース基地と言われるAMIDIの理事長のお言葉は、心強いですね。ぜひ、AMIDIが先頭に立って、日本の再生医療を加速させてくださいよ」

本庄の念押しに、丸岡は力強く頷いた。

そして、篠塚に矛先が向いた。

「篠塚さんは、アルツハイマー病の治療法として期待されているフェニックス7の開発を進めておられます。既に誕生から、七年が経過しています。私たちとしては、実用化間近と期待しているのですが、実際は如何ですか」

事前に、こういう流れになったら話を振ると本庄に予告されていた。篠塚は、腹を括った。

「私たち研究チームからすれば、いつでも治験を試みたいと思っています。しかし、なかなか許可が出ません。慎重であるべしという理由は、分かります。その一方で、アメリカや中国の製薬会社から、我が国なら治験ができるからうちに来ないかというお誘いもあります。グローバルの時代にもかかわらず、日本は、新しい医療について消極的すぎるのではないかと、我々研究者はもどかしい思いをしています」

フェニックス7の治験を止めているのは、皮肉なことに再生医療推進のために設立されたA

ＭＩＤＩだ。いや、本音としては彼らも前のめりなのだが、ＡＭＩＤＩを所管する内閣府と依田が率いる第三者評価委員会が、検討の俎上に上げようとすらしない。

このパネルディスカッションをネット視聴する人々のコメントが、会場内のスクリーンに次々とアップされている。

フェニックス7を、「悪魔の細胞！」と非難の書き込みもあるが、賛成のコメントはそれよりも遥かに多く、「フェニックス7を使うべき！」「介護で死にそうです。どうか私たち家族を救ってください！」などという声が続々と書き込まれている。

「今、篠塚先生は、重大発言をなさいましたね。うかうかしているとフェニックス7は、アメリカか中国から発売されて、日本では高額でしか移植できないかも知れないということですよね」

「そういう可能性もあるという話ですよ。具体的にそんなプロジェクトが動いているわけではありません」

本庄は、ここでディスカッションを打ち切った。

その時、知り合いの記者から、メールが届いた。


〝先生の勇気に感動しています。

こういう場で多くの人にフェニックス7の置かれた状況を知ってもらうべきだと、私は思っていました。

微力ながら弊紙でも、応援を続けます。

暁光《ぎょうこう》新聞医療科学部　香川〟

6

明け方、篠塚は目を覚ました。

まったく、この骨身に染みる寒さはなんだ。

東京育ちの篠塚に、東北の冬は厳しすぎた。もちろん東京の冬もそれなりに寒いし、時には雪も降る。だが本質が別物だ。東北の寒さは空気を凍らせ、どれほど深く眠る者でも覚醒させるほどだ。

昨夜は、実験データの解析に時間がかかり、ベッドに潜り込んだのは、午前三時を過ぎていた。

何時に寝ても、夜明け前には寒さで起こされる。しかも、たいていの場合、すっかり目が冴《さ》えてしまうために、寝不足で一日中体がだるい。

手探りでエアコンのリモコンを見つけ、暖房をつけた。

あと三時間は寝ておきたい。これからのことを考えると、東北の寒さに振り回されるわけにはいかないのだ。

望み薄だった政府の先端医療開発基金から、約一〇〇億円が支給されるという内示を受けた。最終的には、すべてのハードルをクリアしたわけではないが、AMIDIの麻井の話では、「あとは手続き上の問題だから、書類の不備さえなければ、合格する」と言われている。

一〇〇億円の研究費を得られるのは助かるし、それ以上に、政府から「日本の再生医療の期待の星」というお墨付きを与えられるのがありがたかった。これで治験への道も拓けるだろう。

明日には麻井もこちらに来るし、その準備のために、今日は相棒の秋吉鋭一も東京からやってくる。

睡眠不足で乗り切れるミッションではないのだ。

もう一度寝るぞと言い聞かせて頭から布団をかぶったのに、脳はアイドリング状態を終えて、脳内に血液を勢いよく巡らせている。

ダメだって。寝ろ！

そう念じても、目は冴えるばかりだ。

そもそも、「寝ろ！　考えるな！」という命令を繰り返すことが、より脳を活性化させるのだから、始末におえない。

すでに、脳の研究を始めて二十年以上になるのに、未だに脳には振り回されている。

感情がなぜ起きるのか、どうやれば制御できるのかも、完全には解明されていない。

感情を司るのは、側頭葉の奥に左右一つずつあるわずか一・五センチほどの扁桃体《へんとうたい》だ。体と言っても、実際は神経細胞の集まりで、視覚、味覚、聴覚などの情報をもとに快・不快を判断する。

その判断には、経験による記憶が影響していて、その記憶が不快なものであれば、ストレスホルモンを発する。また、感情に反応してドーパミンやアドレナリンを放出する信号を発することも分かっている。

だが、感情は複雑で、そんなシステマティックな反応だけで全てが説明できるものでもなく、今なお未解明の領域が多い――。おまけに、〝こころ〟などという得体の知れないものもある。

そんなことを考えだすと余計に眠れなくなるのに、バカ！

自身の器官なのに、自分で制御できない。それどころか、俺たちは生まれてから死ぬまで脳に振り回され、どうやって折り合っていくかに腐心するのだ。

人生とは結局、脳との闘いなのだ。

そして、俺は今日も脳に敗北する……。

その後、わずか一時間ほどだが熟睡したらしく、次に目覚めた時には頭がスッキリしていた。

篠塚は自室を出て食堂に向かった。

寒さには辟易させられるが、アルキメデス科学研究所での研究生活には、恵まれた面もある。たとえば、職住接近の環境だ。妻と子ども二人は鎌倉で暮らしているが、単身赴任で常勤している篠塚の住まいは、研究所の敷地内にある。

「研究に専念してもらうためには、職住一体が理想だろう」という、研究所オーナーである氷川一機の親心だった。

約二万坪の敷地を有するアルキメデス科学研究所は、各研究者の研究室やホール、大小のコンベンションルームなどがある本館を中心に、宿泊棟やゲスト棟、動物実験棟やIUS細胞を生成し保管するIUSバンク、そして、認知症など高齢者疾患専門病院などが放射線状に配置され、それぞれは回廊で結ばれている。

ウッドデッキをガラスで覆ったトンネル状の回廊は、まるで未来都市を思わせる。

しかも、リラクゼーションをコンセプトにした設計のお陰で、滞在棟にいると仕事のことを忘れられる。各室は窓を大きく取り、そこからは太平洋も望める。住空間も東京では到底実現できない広さだし、高級ホテルのような贅沢《ぜいたく》なインテリアが配されている。

宿泊棟は中央にロビーや娯楽室、食堂、ジムなどが設置されている。そこから五方向に放射線状に回廊が延びて、居室に繋がっている。その内の三本の廊下の先には、それぞれ氷川と篠塚、そして鋭一の個室しかない。

他の一本は泊まり込みで研究をする研究員や技官の集合宿泊施設に繋がる廊下で、その他にゲストルームに繋がる通路が一本あった。

「おはようございます」

食堂に入るなり、フェニックス7研究班の助教、千葉達郎が挨拶してきた。千葉の毛髪は爆発状態で広がっている。

「おはよう！　ラボに来るまでに、その寝グセはなんとかしてこい」

千葉は慌てて頭を両手で押さえつけているが、彼の癖毛はその程度では整わない。

窓際のいつものテーブルに着くと、滞在棟の責任者、滝川典子が現れた。

「先生、おはようございます。いつもので、いいですか」

よく焼いた薄切りトースト二枚、バター、焼きすぎないベーコン、ポーチドエッグとアールグレイのストレートティー――。

米を食べないと力が出ないタイプだが、ケンブリッジ大に留学してからは、朝食だけは英国スタイルが気に入っている。

「お願いします。それからもう一つ。今夜、鋭一が来ますので、そちらもよろしくお願いします」

研究所の肝っ玉母さんである滝川は、てきぱきとテーブルをセットをした後、篠塚の注文を厨房に告げに行った。そして、用件の続きを聞くために、テーブルに戻ってきた。

「秋吉教授《せんせい》がいつまでいらっしゃるかは、未定ですね」

「まあ、東京でやり残したことがあるから、長逗留はしないと思うけど」

鋭一は、普段は前触れもなく現れて、知らないうちに東京に戻っていく。気ままに生きている秋吉の予定は誰にも分からない。そこは長年のつきあいで、滝川も承知している。

「ビリーちゃんもご一緒ですか」

ビリーとは秋吉が買っているマウスだ。黒い実験用のC57BL/6《マウス》なのだが、その一匹をたいそう気に入って、実験に使わずペットとして飼っている。

「ごめん、聞いてない」

「先生、ちょっといいですか」

振り向くと千葉が、ノートパソコンを手に立っていた。誰かと話している時は終わるまで待てと教育しているのだが、所員の大半は、そういうマナーに無頓着だ。

研究テーマについては天才的な頭脳を発揮するのに、何度注意してもまともな大人としての常識が身につかない。

これも、脳の神秘の一つだった。

滝川が「私はこれで」と下がってくれたので、篠塚は小言を飲み込んで、用件を尋ねた。

「『BIO JOURNAL』に、こんな記事が出ていました」

千葉がテーブルの上にノートパソコンを置き、画面を篠塚に向けた。

フェニックス7に深刻な副作用
人工万能《IUS》幹細胞に重大欠陥か

筆者は、アメリカの著名な医療ジャーナリストだった。

最悪のタイミングを恨みながら、篠塚は記事を読んだ。

「酷い記事だな。ウチの実験で、サル数頭でＩＵＳ細胞が暴走か、とあるけど、全然エビデンスのない記事じゃないか」

「誰が、こんなネタを漏らしたんでしょう？」

なるほど、千葉が気になるのは、そこか。

「犯人探しなんてするなよ。君は、研究に専念してくれればいい」

「もちろん、そのつもりですけど、なんだか、僕らって、いつも世間の風当たりがキツいっすね」

アルツハイマー病に効果がある再生細胞の発明は、「今世紀最大の成果！」という声もある。

しかも、それを成し遂げたのが欧米でなく日本なのだから、世界中が鵜の目鷹の目になるのだ。

「世間から妬まれたり、言いがかりをつけられるということは、我々がそれだけ偉業を達成しつつあるという証だよ。だから、気にするな」

「ところで、今日から、秋吉先生が来るんですよね。雪《シュエ》ちゃんも、一緒ですかね」

周雪《ジョウシュエ》は、秋吉の研究室で助教を務める中国人留学生で、研究室内でも随一の優秀な頭脳の持ち主だった。

「さあ、どうだろな。鋭一は今、東京を離れられないと言ってたから、雪ちゃんは残って彼の代理を務めるかもしれないな。何だ、狙ってるのか」

周は目が覚めるような美貌の持ち主で、学会でも注目の的になっている。

「冗談でしょ。あんな高嶺の花は狙いませんよ。実は、共同研究をしないかと誘ってるんですけど、返事がないので」

千葉の慌てぶりを見ていると、それだけではなさそうだ。

スマートフォンが鳴った。麻井からだ。用件は予想がついた。

「麻井です。『BIO JOURNAL』のウェブ版のニュースを読みましたか」

7

「ちょっと、よろしいですか」

楠木が署に出勤したところを、部下の松永千佳巡査部長が声をかけてきた。毎日エネルギー一二〇パーセントの元気娘は、朝から既に全開モードらしい。

出勤したら、まずは熱くて濃いお茶を入れてもらうという楠木の日課を、刑事課員なら誰もが知っている。なのに、松永はそれが待てないようだ。

柔道部で体を鍛えている松永は、小柄だが頼りがいのある体つきで、女らしさとはおよそ縁遠いたたずまいだ。化粧っ気がないのは、起床から十五分で寮を出発するからだという。

「ちょっとで済むならいいけど、話は長そうだな」

松永は、両手で資料の束を抱えている。

佐藤巡査が、「お疲れちゃん！」と勘亭流で書かれた湯呑みを、楠木の机に置いた。

「取調室とかでお話ししたいんですが」

どうやら他聞を憚《はばか》る話らしい。そもそもここで話せないほどの事件《ヤマ》とは何だ。

彼女に言わせると、同僚は皆ライバルだから、自分の成果は盗まれてはならないらしい。

「俺の朝の楽しみが終わるのを、待てんのか」

濃厚熱々のお茶を一口啜《すす》る。

「それ、自分が向かいの部屋に持って行きますから」

せっかちで猪突猛進な松永は、上司の許可も得ずに湯呑みを取り上げた。ファイルを抱えた上に熱いお茶まで持たせたら、まるでパワハラじゃないか。

「いいよ、自分で運ぶから、おまえ先に行って待ってろ」

「おっす」

署内でも指折りにがさつな松永だが、数少ない美点の一つが素直な性格だった。

松永が部屋を出て行くのを見送ってから、楠木はあらためてお茶を飲んだ。佐藤が淹れる茶は旨い。

近年、事件捜査に目の色を変える刑事が減ってきた。

悪を撲滅したいという正義感に燃えた警官など化石になったのが最大の理由だが、強引な捜査や被疑者や証人への応対を間違うと、即懲戒処分を喰らうという組織事情も、捜査員のやる気を削いでいた。

そんな中で、松永は稀有な存在だ。

オリンピック候補にもなった松永を、県警柔道部の強化のために採用したという噂があるが、本人は柔道ではなく、刑事として評価されたいという思いが強いらしい。だから、柔道の稽古《けいこ》がしやすい県警本部の警務部よりも捜査部門で働きたいと異動を強く希望したと聞く。

宮城市は凶悪事件などは滅多に起きないのどかな田舎町だ。松永が期待するようなチャンスにはなかなか巡り合えない。そこで、彼女はやり方を変えた。事件を待つのではなく、社会に埋もれた事件を掘り起こすことにしたのだ。

残念ながら彼女が持ち込んでくるのは、いずれも裏付け証拠に乏しく、刑事事件として着手するにも、困難を極めそうなものばかりだった。

どうせ今回もその類に違いない。

「勉《べん》ちゃん、巨人の新監督はやれそうか」

スポーツ紙を広げている刑事庶務係の〝勉ちゃん〟こと浅丘勉巡査部長に声をかけると、新聞の向こうから浅丘が返事した。

「どうでしょうなあ。選手としては、いまいちだったけど、コーチとしては優秀だったですからね」

今朝のスポーツ紙はこのニュースが一面を飾っている。守備の人と言われた二軍監督が、新監督に選ばれたのだ。元大リーガーや大物OBの名も取り沙汰されたのだが、結局は若手を育てあげた実績が買われたようだ。

このところ、署内で野球の話題となると、楽天ゴールデンイーグルスの話ばかりだ。だが、父親の影響もあって、楠木は少年時代から巨人一筋で、イーグルスの監督を誰がやろうとも、どうでもよかった。

残念ながら、署内でも巨人ファンは数人しかいない。勉ちゃんは数少ない盟友で、野球を話題にするのも彼との間だけだ。

「俺は松井監督を期待してたんだが、どうやら無理みたいだもんな」

大リーグで活躍した松井は、楠木のごひいきだった。松井を巨人監督にという声は大きいが、本人にその気はなさそうだという記事を読んだ。

「今度の監督は買いだと思いますよ。オープン戦でも見に行きますか」

悪くないな。

よし、気分も良くなったし、この勢いで松永の話を聞くとするか。お茶を飲み干し立ち上がると、浅丘が言った。

「ヤワラちゃん、今回は良い筋を摑んだ気がしますよ」

県警の柔道の星からついたあだ名で、本人は嫌がっているが、松永の教育係を務める浅丘はいつもそう呼んでいる。

松永が待つ取調室に行くと、テーブルいっぱいに資料が広げられていた。

「朝から急《せ》かしてしまって、恐縮です！」

松永は礼儀正しく立ち上がって、楠木を迎えた。

「まず、この写真を見てください」

粒子の粗い写真に、二人の男が写っている。

「ほお、小野田のオヤジか」

表向きは質屋だが、故買業を営んでいる老人だった。

「小野田玄太、七十六歳。盗品等関与罪で前科四犯です」

「贓物《ぞうぶつ》罪で三回、九十五年の刑法改正で盗品等関与罪に変わってから一回だ。だが、引退したと聞いたがな」

「この左側に写っている厳つい顔の男は、指名手配中の窃盗団のボスです」

写真の横に指名手配書の写真が置かれた。

金子忠、三十九歳。中華系マフィアの幹部だ。大がかりな窃盗を続けるグループのリーダーとみられている。

だが、写真を比較するには、小野田と一緒に写っている写真の解像度が悪すぎた。

「俺には、そこまで断言できんな」

「そう仰《おつしや》ると思いました。なので、鑑識に顔認証システムによる照合作業をお願いしました」

俺の許可なしでか。

「相変わらずの暴走ぶりだな、松永」

「それと、小野田について調べてみました」

彼女の場合、調べるというのは、力ずくで話を聞くということも含まれる。

「安心してください。自分もそれなりに学習しました。なので、まだ本人に接触していません。客になりすまして店に入ってみたり、同業者に探りを入れただけです」

刑事の匂いは一キロ先からでも嗅ぎ分けられる――というのが、プロの犯罪者たちの常套句で、残念ながら、この指摘は概ね正しい。よほど潜入捜査に熟練した者以外は、一般人のふりをしたところで、身元はバレバレだ。

「小野田の爺さんの店に行ったのは、いつだ?」

「一週間前です。でも、本人には会えませんでした。店番をしていたのは三十代の男性で、息子だと言ってました。でも、小野田には」

「息子はいないな」

「です、です。この自称息子の話では、小野田玄太は引退して、五年前にその男に店を譲ったそうです」

「店の上が住居になっているはずだ。そこにオヤジは住んでいるのか」

「暫く張り込んだら、姿を見せました。ご安心ください。本当に、接触していません」

さらに話を続けようとする松永を止めた。

「なぜ、小野田のオヤジに目をつけた？」

「大窃盗団が、宮城市内でブツの一部を売りさばいているという噂をキャッチしました。そして、そいつが接触している故買屋が、小野田だという情報を掴みましたので」

宮城中央署の刑事課は、三つの係からなる。殺人や強盗などの強行犯捜査と窃盗を担当する第一係、知能犯罪の捜査と暴力団の取り締まりを行う第二係、そして庶務係だ。

楠木も松永も第一係に所属している。だが、異動して半年しか経っていない松永に、こんなネタをくれる情報屋がいるとは思えなかった。

「誰からキャッチした」

それまでまっすぐに楠木を見つめていた松永の目が泳いだ。

「松永、答えろ」

「浅丘さんに教えてもらいました」

なるほど、勉ちゃんの親心か……。

「この写真の出どころも、勉ちゃんか」

「違います！　これは、自分が三日間、夜間の張り込みをした成果です」

成果かどうかは、まだ分からんぞ、松永。

「写真を撮ったのは、いつだ？」

「昨夜です。二人は、なんだか激しく言い争っている風でした。ヤバイ雰囲気だったので、接近して様子を窺ったんですが、明日の晩、もう一度来るから、カネを用意しておけと金子が吐き捨てたのを、この耳で聞きました。なので、今晩、強行捜査する許可と包囲網の指示をお願いしたいんです」

バカか。

「オヤジと写っている男が、金子だという確証が出るまではダメだ」

「もうすぐ出るはずです」

「これが金子だとして、引退した男を、窃盗団のボスが訪ねる理由はなんだ？」

「分かりません。ただ、二人がホトケさんという言葉を連発していました。もしかして、殺しが絡んでいるんじゃないんでしょうか」

またこれだ。自分が関わる捜査は何でもかんでも、重大事件に発展する可能性があると信じている。確かに、ホトケさんとは遺体を指すことはあるが、それだけとは限らない。

「相変わらず話が無茶苦茶だな。俺たちは、窃盗団のボスと故買屋の話をしてたんじゃないのか。なのに一足飛びに殺しか」

「そうです。確かに、ホトケさんと聞いたんです」

もう一杯濃いお茶を飲みたくなった。

「勉ちゃんを呼んでこい。それと、俺にお茶のお代わりを頼む」

「おっす！」

松永は、勇んで部屋を出て行った。

机の上に放り出された二枚の写真をもう一度眺めてみた。似ていると言えば似ているが、これでは課長を説得できんな。

何か、もっと決定的な裏付けがいる。

それにしても、「ホトケさん」とは、縁起でもない。

一旦テーブルに戻した写真をもう一度手に取り、目を凝らした。

最後に小野田に会ったのは、いつだっけ。

確か三年ほど前だ。本部の捜査一課から十一年ぶりに異動してきて、昔の馴染みに一人ずつ挨拶に回ったんだった。

前科四犯の小野田が最後に逮捕されたのは十二年前。恩があるという暴力団の男に脅されて、大量の盗品を買い取って捕まった。

孫娘が生まれたばかりなのに、借金まみれでお祝いもできない。それで、辞めると誓った故買に手を染めたと、小野田は涙ながらに自白した。

一年余り服役して出所してからは、真面目に生業に精を出していたと聞いた。三年前に会った時も、真面目に更生したらしいという印象を持った。

なんで今頃になって、昔の仕事に手を出したんだ。

勢いよくドアが開いて、松永が戻ってきた。浅丘を連れている。浅丘を椅子に座らせ、松永自身は彼の背後に立った。

「この話を、あんたはどう思うんだ、勉ちゃん」

浅丘は今でこそ庶務係でデスクワークばかりしているが、盗犯一筋にきたベテランだった。人情派で、彼の世話で立派に更生した犯罪者も多い。また、若手刑事を育成するのも大好きで、何度期待を裏切られても、いつも親身になって指導する。

「ヤワラちゃんの大金星だと思うがね」

「あんたのサポートがあってだろ」

「でも、女だてらに三日も半徹で張り込んだんだ。そこは褒めてやってくださいよ」

松永が嬉しそうだ。

「この写真次第だな。いずれにしても、いきなり今夜の包囲はないな」

それは、浅丘も認めているようだ。

「ところで、松永がホトケさんという言葉を聞いたというんだが、どう解釈する?」

「私もあれこれ考えたんですがね。あれは、仏像のことじゃないですかね」

ホトケさんをまともに取れば、死体ではなく仏像だ。

「浅丘さん、それまんまですよ」

松永がえらそうに突っ込みを入れた。

「おまえ、窃盗団の盗品リストを持っているんだろ。そこに、国宝の仏像が数体含まれていなかったか」

浅丘に言われた松永が、慌ててファイルをめくっている。

「ありました! 国宝が三体、国の重要文化財も四体!」

写真付きの盗難届が、机の上に七枚並んだ。

「小野田のオッサン、仏像の目利きとしては、かなり有名なんですよ。また、国宝級の仏像なら幾らでも出すというコレクターの客も、数人抱えていたはずです」

浅丘の話を聞くうちに、楠木も思い出した。

「小野田は、既にご隠居の身なんだろ」

「みたいですな。ヤワラちゃんが会ったという息子が誰なのかが分からないんですが、引退したのは間違いないと思いますよ」

「そんな相手に、窃盗団のボスが何の用だ」

「係長、そんなことは逮捕《パク》ってみたら分かりますよ。今夜の包囲の指示をお願いします」

せっかちの松永が、辛抱できなくなったように訴える。

「松永、簡単に包囲とか言うな。それなりの人員がいるんだぞ。課長の決裁だっている」

責任を取ることを極端に嫌う課長なら、署長の許可を取れくらいは言いそうだな。

遠慮がちなノックがあり、五分刈りの黒縁眼鏡の男が顔を見せた。鑑識係の長尾茂彦だった。

「こちらだと聞いたので。松永、さっきの写真の解析ができたよ」

「入ってドアを閉めろ」と楠木に命じられて、長尾は従った。そして、解析結果のプリントアウトを見せた。

「松永が撮った写真の粒子が粗いんでね、照合率は六四パーセントだけど、同一人物だと考えて良いと思うよ」

「よっしゃ!」

松永が派手にガッツポーズをした。

「まだだ。もっと、小野田のオヤジの周辺を洗え。奴は本当に引退したのか。仏像関係に最近関わったりしていないか。それらを全部調べてこい。それと、自称息子の正体も明らかにしろ。タイムリミットは、今日の午後三時だ」

「それを、自分一人でやるんですか!」

「勉ちゃん、頼めますか」

「ああ、いいとも。他ならぬ愛弟子が手柄を挙げられるか、どうかだからな」

松永が恐縮して、何度も頭を下げている。

「資料は置いていけ。これから、課長に掛け合ってくる」

席に戻ると、生活安全課の渡辺が待っていた。

「おお、ナベ。何か用か」

「昨夜、行方不明だった年寄りの遺体が見つかりました」

「またか」

最近、徘徊老人の失踪と死亡が頻発していた。さすがに気になって、新たな遺体が見つかったら、声をかけて欲しいと渡辺に頼んでいた。

「さっき、当直長からの申し送りがあって、八十九歳のばあちゃんが用水路で死んでいるのが発見されたそうです」

当直長からの申し送り書と現場検証を行った当直の報告書のコピーを、渡辺は差し出した。

「事件性は?」

「ないようですね。外傷はなく、一応行政解剖はしますが、行き倒れ死でしょうね」

少し前に見たNHKの特集番組では、認知症を患う年寄りは五〇〇万人を超え、行方不明者が一万人を超えるとあった。ならば、高齢化率が高い宮城市でも、今後はこういうケースが増えていくのかも知れない。

辛い現実だった。

「例の仙台市議のオヤジさんについては、何か情報はあるのか」

「ないっすね。行方不明者届は出してるくせに、戻ってきても連絡もしてこない人はいっぱいいますから、案外、無事でケロッとしているかもしれません」

それならそれでいい。

「それより、ちょっと気になるのが、昨夜のおばあちゃんは行方不明になって二ヶ月近く経っているんですが、遺体は死後せいぜい一日だと言うんですよ。じゃあ、死ぬまでどこにいたんですかねえ」

その違和感は見逃せない気がした。

「なあ、ナベ、急がないんだけど、遺体で発見された年寄りの発見時の死亡推定時刻と、失踪期間をまとめてもらえないかな」

「いいっすけど、何か、引っかかるんですか」

「ちょっとだけな。まだ、妄想のレベルなんだ。でも、頼むわ」

もしかして、俺も松永の誇大妄想癖が感染《うつ》ったのだろうか。

8

篠塚が所長室に入ると、技官兼秘書を務める大友正之介は既に仕事に取りかかっていた。

今年で七十八歳になる大友は、頑強な体格で肌の色艶もよく、髪も豊かだった。技官とは、研究の地道なステップを遂行するのが役目だ。研究者には、必ず技官のサポートが必要で、技官が優秀ならば研究成果が飛躍的に上がるとまで言われている。

東大の先端生命科学研究センター在籍中からのつきあいで、篠塚がアルキメデス科研にスカウトされた時に、定年退職した大友を誘った。

確かな技術と豊かな経験は、青二才と批判されがちな篠塚の不足を補って余りあった。大友がいなければ、篠塚と秋吉は、フェニックス7を生み出せなかったとも言える。

「今朝ウェブ版の『BIO JOURNAL』に掲載された記事を、大友さんはご覧になりましたか」

「何のエビデンスもないくせに、よくもあんな酷い記事が出せたものです」

「麻井さんも気にしていました。あの記事掲載の経緯を調べられませんか」

優秀な技官は、国内外に広いネットワークを有している。大友にも、国際的なネットワークがあった。さらには、専門学術誌の編集者やジャーナリストの友人も少なくない。

「あんなものは、黙殺するに限ります」

「ですよね。でも麻井さんとしては、そうもいかないらしいですよ」

政府のお墨付きをもらえるかどうかのデリケートな時期だけに、可能な限りのネガティブ情報を消し去りたいというのが、麻井の意向なのだ。

「アメリカのバイオ・ベンチャー大手とアメリカ政府が画策したのではという噂もあります」

「そんな厄介な話なんですか」

「篠塚所長《せんせい》の研究は、今や学会の注目の的です。アメリカといわず、ヨーロッパや中国、インドなど世界中の研究機関が、なんとかお二人の独走を止めたいと考えています。あの程度の妨害は、当然です」

再生医療は、既に研究のフェーズから産業化のフェーズに移行しつつある。日本では、人体での治験に及び腰だが、欧米中はお構いなしで驀進《ばくしん》中だ。

にもかかわらず、脳についての再生医療では、篠塚&秋吉チームの独走状態だ。それを何としても止めたいと考えるライバルはいくらでもいる。

「アメリカの大手って、アメリカン《A》・バイオ《B》・カンパニー《C》ですか」

「だと聞いています」

世界最大にして最強の再生医療企業であるＡＢＣは、アメリカ政府からの全面支援を受けた国策企業だった。彼らもアルツハイマーなど認知症を治療する再生医療研究に注力している。

「それにしても、アメリカ政府まで出てくるとは……」

「『BIO JOURNAL』は、どれだけカネを積まれても、デマは載せません。しかし、そこに政府が絡むのであれば、事情は変わります」

ロボットやＡＩ、宇宙などと並び、再生医療は新たなる産業革命を起こす新分野だと言われている。これらの分野で圧倒的なパイオニアになれば、業界を支配できる。

そのため、新分野における産業育成は、先進各国の最重要課題であり、いずれもが国家プロジェクトだった。

競争はフェアであるべきだが、産業化によって転がり込んでくる利益の大きさを考えると、そんなきれい事など吹き飛んでしまう。

ライバルを潰すためなら、どんな手段でも取る――。常にそのスタンスで世界の覇権を握ってきたアメリカであれば、篠塚たちの研究にデマを流して妨害するなど、朝飯前だろう。

「じゃあ、日本政府に断固たる抗議をしてもらおうかな」

「それは、夢物語でしょうな」

だろうな。日本政府は、オールジャパン態勢で再生医療の産業化に向けて支援を惜しまないと謳《うた》うくせに、こういう時には、決して救いの手を差し伸べようとはしない。

外交問題に発展するのを嫌うからだ。普段は勇ましいことを言っている総理ですら、相手がアメリカだと分かれば、無視を決め込むだろう。

「アメリカ政府黒幕説についてもう少し確かな裏付けを取ってもらえませんか。麻井さんと今後の対策を検討したいので」

「畏まりました。それで、本日ですが、秋吉教授を仙台駅までお迎えに行かれる前に、祝田チーフが打ち合わせしたいと仰っています」

「すぐ会います」

サルの脳が暴走する件について、彼女に検証を依頼していたが、その結果がまとまったらしい。

「ところで、大友さん、最近、体調はどうですか」

大友はアルキメ科研に移籍した直後に、脳梗塞《こうそく》で倒れている。年齢よりも二十歳は若いと言われる体力の持ち主だったが、あの時は死の淵を彷徨う危機だった。

「ご心配をかけて恐縮です。おかげさまで、元気すぎるぐらいです」

「それは、良かった」

「薬は？」

「所長のご指示通りに服用しております。そのデータも、後ほどお送りします」

脳梗塞で九死に一生を得た人の回復支援にも、フェニックス7が援用できないかと考えている篠塚としては、生還者である大友の情報は貴重だった。

「それと、ＰＫ１２１に効果が表れてきました」

「それは朗報ですね。じゃあ、祝田先生との打ち合わせが終わったら、覗いてみますよ」

篠塚は白衣を羽織るとパソコンを立ち上げた。起動している間に、デスクにある文書のヘッドラインをチェックした。

大半が経費請求など事務処理的なもので、篠塚は機械的に押印していった。

メールソフトを立ち上げると、案の定、メディアと学会関係者から今朝の『BIO JOURNAL』誌の記事についての問い合わせが来ていた。

やれやれ。

嘆息したところで、卓上電話が鳴った。氷川理事長とのホットラインだ。

「おはようございます、理事長」

〝ちょっと、私の部屋まで来てもらえますか〟

9

刑事課長を応接室に連れ込んだ楠木は、松永のネタを開陳した。

課長は数分は黙って話を聞いていたが、全部の説明を終える前に待ったがかかった。

「楠木さん、その程度のネタで、外勤まで巻き込んで夜に包囲網を張らせるなんて、無茶でしよ。しかも、こんな写真が六四パーセントマッチだなんて、僕は信じられないなあ」

楠木より年下だが、肩書きは上位の警部である勝俣浩伸課長は、刑事というよりやる気のない県庁職員という風にしか見えない。

警察で偉くなる方法は、一つしかない。失敗をせず、昇進のための試験をひたすらクリアし続けるのだ。勝俣はその典型で、この男が刑事らしい働きをしたという話を聞いたことがない。

だから、目の前のリアクションは想定内だ。

「いや、ごもっともです。ただ、ちょっと困ったことがありまして」

「何ですか」

早くも勝俣は、警戒心全開になっている。

「つい先ほど、杉原課長から電話がありまして」

「杉原って？」

「捜三の杉原課長ですよ」

宮城県警本部で窃盗捜査を仕切る捜査三課長の杉原は、楠木の同期で、県警将棋同好会の幹事だった。松永の情報をぶつけたところ「面白い！」と興味を持ってくれた。

――中国人窃盗団が、国宝の仏像の処理に困って、県内の故買関係者に当たっているという情報が、ウチにもあってな。小野田の爺さんというのは、良い線じゃないか。

そして「なんなら、応援を出そうか」と言ってくれたのだ。そこで、相談を持ちかけてきたのは杉原だということにして、勝俣に話を持ち込んだ。

「それが、今の話と繫がるんですか」

「大規模な中国人窃盗団が、仏像の処理に困って、県内の故買商に接触しているそうです。それで、小野田の爺さんは、本当に引退したんだろうかと、杉原課長からの問い合わせがありまして」

「まさか、松永の与太話をしたんじゃ？」

「普通するでしょ。だって、ドンピシャの話です。松永のネタを我々がガセだと判断して報告を怠って、あとで当たりだったら、課長、責任とれますか」

咎めるように楠木を睨んでいた目が、動揺している。

「脅す気ですか」

「脅しているように聞こえますか。課長、ここは県警も巻き込んで、決行すべきだと私は思いますがねえ。たとえ無駄骨でも、県警への顔は立ちます。それとも、杉原課長にご自身で電話されて、そんな与太話の捜査に貴重な人件費を使うのはやめましょうと言ってくださいますか」

そんな進言をするはずがないのは、分かっている。勝俣が、必死で脳内で損得計算をしている。楠木は失礼と断って、電子タバコをくわえた。

あまり旨いものではないが、タバコ嫌いの課長の前では、これでも遠慮がちに飲んでいる。

「分かった。じゃあ、まずは、もう一つ確証を摑んでください。その上で、残業手当も県警持ちだという言質を取ってください。そしたら、許可します」

「そこは、課長なり署長なりが、杉原課長と交渉してくださらないと筋が通らないですよ。第一、そんな露骨なこと言ったら、先方の心証が悪くならないですかねえ」

署長の名が出た段階で、勝負あった。

勝俣は渋々だが、残業手当問題を引っ込めた。

「こうなったら、必ずこの金子って野郎を、ウチの署員にパクらせてくださいよ」

なるほど、この切り替えの早さと、自己利益優先の発想で、偉くなっていくのか。


楠木が刑事課の席に戻ると、渡辺が待っていた。

「なんだ、もうできたのか」

「迅速丁寧がモットーですから」

どう見てもローテクの武闘派だと思っていたのに、渡辺はエクセル文書にこの三ヶ月の高齢者の行方不明者届を分かりやすくまとめていた。

「へえ、ナベにこんな才能があるとはなあ」

「こんなもん才能じゃねえっすよ。エクセル使えないと仕事になりませんから。それにしても、さすが、楠木係長すね。我が所管内の年寄りの行き倒れ、やっぱ、何かおかしいっすよ」

何を褒められているのか分からず説明を求めると、渡辺は回転椅子を引っ張り寄せてきて座った。

「所管内の高齢者の行方不明者数が、県内の平均値の二倍なんです」

「所管内での行方不明者が多いわけじゃないのか」

「急増しているのは五ヶ月前からっすね」

そう言って、渡辺がグラフを示した。確かに六ヶ月前までは、県平均より三割少ないのが、五ヶ月前から急増、この二ヶ月は県平均の二倍になっている。

「なぜ、増えているんだろう。行政機関の見解が欲しいところだな」

「俺がやりましょうか」

「何だ、暇なのか」

「震災から随分時間が経ったせいか、カネになる話もなくなってきたみたいです。県外からの出稼ぎが減って、暴対もすっかり静かなもんです。それに、市役所の福祉課の姉ちゃん、チョー可愛いんで」

趣味と実益を兼ねたいわけか。

「じゃあ、頼むよ」

「喜んで。それはともかく、もっと重要なことがあります。行方不明者が遺体で見つかったケースが、県平均の四倍もあるんです」

この三ヶ月だけで、三七人に上っている。

認知症の徘徊によって行方不明になって亡くなるケースは、全国で約一万件ほどだ。だとすると、人口一七万人の小地方都市としては、徘徊後の死亡者が確かに多い。

「で、遺体発見時の死後経過時間について、過去三ヶ月のケースを見ると、一三人が、行方不明から一ヶ月以上経過した後に遺体で発見されているのに、死後一日程度しか経過していないんです」

「は？」

「遺体の着衣の状態を知りたいな」

「徘徊の挙げ句に死んだとしたら、相当酷い格好になっていたろう」

「なるほど。分かりました。もっとクソ丁寧に調べ直します。他に調べることありますか」

「今朝、発見されたホトケさんは、行き倒れで外傷がないと、行政解剖だろうが、司法解剖に回したいな」

明らかに殺人事件だという疑いがないと、警察の意向で司法解剖ができない。疑わしい場合は、遺族の同意を取り付けなければならない。

但し、署長の許可があれば、やれる。

ならば、やってみるか。

「遺体はどこに？」

「署と契約している診療所だと思いますが」

手元に今朝の報告書があったようで、渡辺は監察医の名を告げた。

楠木のよく知った医者だった。課長が部屋に戻ってきたので、携帯電話を持って廊下に出た。

診療所に連絡を入れると、死体検案書は作成したが、遺体はまだ診療所にあるという。

「先生、その検案書、ちょっとそのまま保留にしてもらえませんか」

「何だ、事件性があるのか」

「詳しくは言えないんですが、気になることがあるので」

了解を取り付けると、東北大学の法医学教室に電話を入れた。教授は不在だったが、後ほど
楠木がご相談に上がるので、よろしくとだけ告げた。

「係長、俺たちもしかして、とんでもないヤマにぶつかったんですかね」

廊下に出てきた渡辺が声を潜めた。

「とんでもないって?」

「連続殺人犯が、我が街にいるかもしれないのでは?」

10

アルキメデス科研のオーナー、氷川の理事長室は、本館の最上階にある。

広い理事長室からは、遠く太平洋が一望でき、晴れた日には、山側の窓から蔵王の峰が望めた。

呼び出しを受けた篠塚が部屋に入ると、氷川の他に理事長室長の乾《いぬい》数也がデスク脇に控えている。

「おはようございます。ご用件は、『BIO JOURNAL』の件ですか」

太平洋側の窓際に立っていた氷川が振り向いた。

今年で六十九歳を迎えるが、水泳で鍛えた体は、筋肉もあり若々しい。自慢の豊かな銀髪は、今朝もしっかり七三に分けてある。

「朝から申し訳ないね。だが、こういう類の話は一刻も早い方がいいと思ってね」

電光石火が信条の氷川だ。名は一機と書いて「かずき」と読むのだが、世間では「イッキ」で通っている理由もそこにある。

「事実無根とはいえ、あんな記事が出てしまって、申し訳ありませんでした」

ソファを勧められたが、腰を下ろす前に、まず詫びた。

「いや、私の方こそ心からお詫びする。こういう記事を出さないようにするのが、私の役割なのに、しくじってしまった」

頭まで下げられて、篠塚は恐縮した。

「理事長が謝られることではありません。そもそも我々の実験で副作用が出てしまったのが、原因ですから」

「実験の過程で、様々な副作用が出るのは当たり前だろう。だからこそ、実験を繰り返すんだからな。それを、まるで犯罪者のようなデマを流すなんぞけしからん。それで、ホールディングス調査部とアメリカ支社に活を入れて、記事が掲載された経緯を調査させている」

氷川は、本気で怒っている。

「あのような記事は、事前に学会内で噂が出たりするものだと聞いたんですが、何かそういう気配はございませんでしたか」

室長が尋ねた。

「まったく。すみません、私も秋吉もあまり活発に学会活動をしていないので、情報のネットワークも脆弱なんです」

「そんなネットワークなんぞ、脆弱で構わんよ。学会なんぞ、出来の悪い奴らの既得権保護団体だからな」

それは言い過ぎだが、そういう側面があるのは否めない。

「大友さんが得た情報ですが、どうやらアメリカ政府が仕掛けたんじゃないかという噂があるそうです」

「私の言った通りじゃないか。私は、あの記事を見てピンときたんだ。こいつは政治が絡んでるとな。だとすると、総理から厳重に抗議してもらうしかないな」

「確固たる裏付けがないので、難しいんじゃないんですかね」

篠塚が言うと、室長が大きく頷いた。

氷川は腹立たしそうに、右拳を左掌に打ち付けた。

「じゃあ、せめて総理には『BIO JOURNAL』を非難していただこう」

「会長、ここは、総理が動くと問題が大きくなるばかりです。ひとまず、篠塚先生に緊急記者会見を開いて戴いて、全世界に記事が事実無根であることと、『BIO JOURNAL』及び執筆したジャーナリストを告訴する旨を発表して戴くだけで十分かと存じます」

「乾は、そう言って譲らないんだが、君の意見を聞かせてくれないか」

こんな話、黙殺すればいい。

空気を読むとしたら、乾室長の意見に追随するべきなのだろう。だが、篠塚は、そういう習慣を持ち合わせていない。

「記者会見なんて、もってのほかです。あんな記事は黙殺すればよろしいかと。告訴もやめてください。『BIO JOURNAL』誌を相手に喧嘩したら、今後、重要な論文の掲載を拒否される可能性もあります。金持ち喧嘩せずと言うじゃないですか」

先ほどまで険しかった氷川の表情が崩れた。

「どうだ、この言いぐさ。我々がこれだけ心配し、怒っているのに、当人は余裕綽々で、黙殺せよと来た。凄いだろ、乾。これが、天才の流儀なんだよ。凡人の煩悩やメンツなんて気にもしない。それより、研究の邪魔をするなってことだな」

「仰る通りです」

乾は感情や考えを顔に出さない。だが、篠塚が見る限り、『BIO JOURNAL』やジャーナリストへの告訴を主張したのは、彼ではなく氷川本人と思われる。少しでもメンツを潰されたら告訴するのは、氷川のスタイルだった。

「畏まりました。では、そのように。ですが、研究所の広報には、メディアや学術関係者からの問い合わせが殺到しております。それに対しては、記事は事実無根であり、研究者一同大変心を痛めていると回答致しますが、ご了解戴けますか」

「お任せします」

乾は頷くと部屋を出ていった。彼に続こうとしたら、氷川に呼び止められた。

「副作用問題は、解決できそうかね」

「問題なく。これから、祝田君とミーティングですが、解決策を見つけたようです」

「そうか。彼女の存在は大きいな」

「今やフェニックス7の研究は、彼女抜きでは考えられません」

当初、氷川は祝田の採用を渋っていた。女性を軽く見る傾向があるのと、祝田がフェニックス7のヒトへの利用について、「フェニックス7の原理解明の徹底を優先すべきで、それが分かるまでは、ヒトへの投与をしてはならない」という立場を強く訴えているからだった。

医学部出身者は、一刻も早くIUS細胞を治療に利用したいと主張する者が多い。一方、分子生物学者は祝田のような考え方をする研究者が主流だった。

「それだけがんばってくれるなら、給与を上げないとな」

これは、氷川流の最大の賛辞だった。当初は、褒美はお金でという氷川の発想が篠塚にも理解できなかったが、大学への進学も叶わず赤貧を耐えて、世界的なIT企業を創り上げた氷川にとっては、カネが全てなのだ。

「ところで、最近、同じ会話を何度も繰り返したり、道順が分からなくなったりするんだ。医者は心配するなと言うが、どうも少しぼけ出した気がしている。だから、一刻も早くフェニックス7の実用化を頼むよ」

氷川は、自身の両親がいずれも認知症になっており、なりやすい家系だと断言している。それが氷川がこの研究所を設立した最大の理由だ。

世間には、震災の創造的復興に一役買いたいとか、先端医療は官民が競争してこそ加速すると訴えている。だが、ホンネは、自身をアルツハイマーから守るために、篠塚らの研究に懸けているのだ。

そのためなら、どんなことでもやる氷川のダイナミックな行動力に、篠塚は惹かれる。そして、象牙の塔から飛び出して本当に良かったと思う。

医療は結果が全てだ。仁術こそ医だと主張する者がいるが、それでは患者を救えない。

「氷川さん、ご期待を裏切るようなことはしません。そのために布石は打ち続け、次々と有効な成果を上げていきます。どうか、大船に乗った気持ちでいらしてください」

それに、アルツハイマーは遺伝だけで発症するようなものではない。環境因子などが複雑に絡みあってアルツハイマーへと辿り着くのだ。

「『BIO JOURNAL』が邪魔なら言ってくれ。あのジャーナリストごと私が叩き潰すから」

氷川の目は、それが冗談ではないと宣言していた。

退出しようとして、篠塚に、あるアイデアが閃いた。

「氷川さんは、日本でフェニックス7の治験を行うのに、こだわりがありますか」

「そんなものはない。そもそもフェニックス7は、日本のものではなく、我々のものだ」

「私もそう思います。ならば、ＡＢＣは敵なんでしょうか」

篠塚の言葉の意図が、理事長に伝わったのが分かった。

「出過ぎたことを申しました。失礼します」

11

丸ノ内ホテルのフレンチレストラン「ポム・ダダン」で、麻井はミネラルウォーターばかりを飲んでいた。手元のスマートフォンは、先ほどから何度もメールを受信している。

今は応じたくない記者からだ。

そして、会いたい記者は、待ち合わせに二十分以上遅れている。記者のくせに、彼女は遅刻の常習犯だった。こちらは情報提供者だというのに、電話一本寄こさない傲慢さに呆れていた。

いつか仕返しを食らわしてやる。

早朝に『BIO JOURNAL』ウェブ版が伝えたフェニックス7の記事は、学会関係者だけではなく、政府にも瞬く間に伝わった。

出勤前の早朝に連絡してきた丸岡には、「二十四時間以内に事実無根だという裏付けを手に入れろ！」と怒鳴られた。

アルキメデス科研の篠塚や業界関係者から情報収集を行った結果、記事掲載の概要は判明した。

アメリカ政府の意向が背景にある――。

それが事実だと、さらにまずいことになる。政府の役人も審査会の委員も皆、アメリカという名を聞くだけで震え上がる。長年、アメリカと衝突が起きる度にかけられた圧力の恐怖体験が、トラウマになっているようだ。

アメリカのバイオに特化したベンチャー・キャピタル出身の麻井は、政府と巨大企業の絆の強さと、複雑に入り組んだ利害関係を肌で体感している。表面上は自由競争とフェアな取り引きこそ資本主義大国の基本などと謳うくせに、実際は民間企業の先兵となった国家が国際競争で露払いし、ライバル国や企業を蹴散らす。「勝てば官軍」というが、アメリカの場合、「俺たちは官軍だから、勝たなければならない」と理屈をこねて無理を通す。

そんな相手に対して怯えて尻込みしたら、ますます図に乗るのだ。

時には戦ってでも成果を上げないと、弱肉強食の業界では生き残れない。にもかかわらず現実には日本政府にも学会にも、そんな度胸はない。その上、脳の領域での再生医療に及び腰の象牙の塔の重鎮たちにとっては、このネタは格好の撤退理由ともなりかねない。

そんな情報を丸岡に上げるわけにはいかないから、香川を利用するのだ。

「すみません！　前の取材が長引いてしまって、気合い入れて走ってきたんですが、遅くなってしまいまして」

香川毬佳が、勢いよく個室に入ってきた。

「やあ、急に呼び出して悪かったね」

「麻井さんからのお誘いなら、いつでも大歓迎です」

高級ブランドのスーツに、記者としてはエレガント過ぎるブラウスを着こなす香川は、呼吸一つ乱れていない。どう考えても、大急ぎでやってきた風には見えない。

ウエイトレスが注文を取りに来たので、麻井は一杯だけシャンパンを呑まないかと提案した。

「嬉しいですけど、午後二時から厚労省のレクがあるので、遠慮しておきます」

移動時間を考えると、話せる時間は正味四十五分ほどしかない。麻井は、ガス入りのミネラルウォーターを頼むと、コース料理を二人分頼んだ。

「お話って、もちろんP7のことですよね」

「『BIO JOURNAL』の記事をどう判断しましたか」

麻井は単刀直入に切り出した。

「悪意ある中傷記事ですね。篠塚先生や秋吉先生がお気の毒です」

いかにも心から心配しているような表情を貼り付けて、香川が目を伏せた。美人ではないが、女性のオーラの使い方がうまい。また、これと決めた取材対象者にはとことん入れ込み、その人物に最大限の愛情を注ぐ――。

もっとも、それは贔屓《ひいき》の引き倒し的な様相を呈することもあり、学会や政府関係者の多くは、彼女から距離を置いていた。

一方、香川自身は自らを「愛されキャラ」だと信じているようで、相手の迷惑を顧みず、会いたいと決めたら、どんな手を使ってでも捕まえる。

だから、常に味方に引き入れておき、こちらの思惑をアピールして欲しいスピーカーだった。

今の彼女のイチオシは、シノヨシ（篠塚と秋吉を縮めて彼女が命名した）コンビとフェニックス7だ。

「情報源は、摑めたかね」

「すっぱ抜いた媒体を考えると、ABCあたりでしょうか」

「浅いな。業界きっての高級誌である『BIO JOURNAL』は、一企業が利するようなネタを、軽はずみに載せないよ」

「ということは、もしかしてアメリカ政府あたりの介入があったんですか」

香川の推理は、真相に近づきそうだ。それが麻井の戦略ではあったが。

良いタイミングで、ポタージュスープが運ばれてきた。一口味わってから、まだ聞く姿勢を崩していない香川に向き合った。

「君のような特ダネ記者が、スクープをモノにするためには、色々条件があるんだろ」

「なんですか、その持って回った言い方は。それに、私がスクープ記者でないのは、麻井さんが一番よくご存知じゃないですか」

「謙遜はいいよ。君が、全国紙の中で、最も優秀な医療記者であることは、私が太鼓判を押す。だから、答えて欲しい。スクープを書く時の条件とは何だね」

「難しいなあ。これは私の主義ですが、誰かのお先棒を担ぐようなリークには食いつきません」

だが、自分が正しいと思ったら、たとえ裏付けが緩くても書く――それが香川毬佳という記者の本性だ。

「あの記事を書いたのは、アメリカの敏腕記者トム・クラークだ」

「つまり、ABCだのアメリカ政府だのの提灯記事は書かないと？」

その通りだと言う代わりに、彼女の顔に向けて指さした。

「なるほど。じゃあ、どこから……」

「これは、僕からの情報だというのは、もちろん伏せてくれるよね」

宣誓をするように、香川が右手を挙げた。

「加東審議官とウチの副理事長が、サンノゼで開かれている国際再生医療協力会議に出席しているのは知ってるよな」

「もちろん！　私も参加するつもりだったんですが、土壇場で上から止められたんです」

「そうだったのか。知らなかったなあ」

香川を同行記者団から外すべきだと進言したのは、麻井自身だ。

日本の製薬大手である山雅薬品が、アメリカの製薬会社との間で合併交渉を進めている。その大詰めを、サンノゼの国際会議の期間中に密かに行う予定だ。香川はこの合併工作を察知しているフシがあり、山雅薬品のM&A担当専務が、麻井に配慮を求めたのだ。

ＡＭＩＤＩ革新事業推進本部長の麻井にとっては、業界の御用聞き的な役目も重大な職責の一つである。そこで嶋津大臣の威光を利用して香川を外したのだ。

「それで、サンノゼの国際会議がどうしたんです？」

「クラーク記者は、サンノゼの国際会議に出席して、加東さんや副理事長と会食したらしい」

「まじっすか。つまり、クラーク記者は、日本代表団からネタを取ったと」

またもや絶妙のタイミングで、メインディッシュが運ばれてきた。肉食の香川は子牛肉の赤ワイン煮、麻井はイサキのポワレだった。

「でも、なんでクラーク記者が、二人に接触したんでしょうか」

「よくは知らないが、随行団の一人の話では、クラークは、フェニックス7でトラブルが発生したのではという情報を得たが、確証が摑めなかったらしい。それで、加東審議官を捕まえたんだろうね」

「まさか、加東さんなり森下さんなりが、問題を認めたと？」

「でなければいいんだが……」

「前提として伺いますが、あの記事は事実なんですか」

まだ、料理に手をつけていない香川が、前のめりになった。

「冗談を言いなさんな。実験の最中なんだから、いろんな課題は発生する。だが、あの記事のような深刻な問題は起こしていない。それは君が一番よく知っているだろう」

「アメリカ人記者が持ち込んだ国家プロジェクトについての誤情報《ガセネタ》を、政府の責任者たちが認めたと、麻井さんはお考えなんですね」

「私は、何もコメントする気はない。もっとも、こんなことがあるはずはないと思いたい」

だが、あったのだ、と香川は考えるだろう。

「政府関係者や我が機構内に、フェニックス7の研究に拒絶反応を示している連中がいるのは、君も知っているだろう」

「加東さんと森下副理事長が、その急先鋒であるのも知っています」

そりゃそうだ。それを教えたのは俺なんだから。

「――ということは、お二人がわざとクラーク記者のスクープ記事に乗ったと」

「考えたくないがね。しかし、今朝の内閣府の動きをみていると、あながちウソでもない気がするんだなあ」

いきなり香川が、拳でテーブルを叩いた。

「許せない！」

「同感だ。だから、君をランチに誘ったんだよ」

「篠塚先生か秋吉先生への独占取材をさせてもらえませんか」

そのオファーも想定内だ。気分屋の秋吉はダメだが、篠塚は「喜んで応じますよ」と言ってくれた。

「何とかしよう」

「ありがとうございます！」

香川がようやく食事に手をつけた。

「その前に、内閣府と古い体質の医学界の重鎮たちの陰湿な体質について、聞いて欲しいんだ」

香川の上等なスーツの上着から、ＩＣレコーダーが取り出された。既に録音中だった。

12

祝田の研究室を訪ねると、動物実験棟にいるという。

実験棟につながる渡り廊下からは雪化粧した庭が見える。数日前に降った初雪でいよいよ冬らしい景色に変わった。綿をかぶったような樹々を見ると、朝から『BIO JOURNAL』の記事で、ささくれていた篠塚の精神状態が癒やされた。

セキュリティドアを通過して、篠塚が動物実験棟内に入ると、祝田がロビーで待っていた。

「わざわざすみません」

長い髪を後ろでまとめた痩身の祝田は、恐縮しながら自身の研究室に誘った。

「コーヒーでもいかがですか」と勧められたのだが、すぐに秋吉を迎えに仙台駅に向かうからと断った。

「じゃあ、こちらへ」

研究室を出て、実験動物が飼育されているエリアに入ると、独特の動物臭が鼻をつく。

マウスやモルモット、サルなどを実験動物として利用しており、そのストックが途絶えないように、獣医学部を出た実験動物飼育のプロたちが飼育・管理している。フェニックス7の場合なら、さらに各動物を人工的にアルツハイマー病に罹患させる必要があるのだが、その技術も彼らが確立してくれた。

祝田がすれ違うスタッフに挨拶すると、皆が笑顔で挨拶を返してくれる。

研究者として一流なだけではなく、人望も厚い祝田は、所長の篠塚よりはるかに人気者だ。

「『BIO JOURNAL』の記事は、結構騒ぎになっているみたいですね」

「まあね」

「かなりバイアスがかかった悪意を感じますけど、発信源はどこなんですか」

「大友さんの話では、アメリカ政府じゃないかって言っている」

「厄介だなあ。でも、それだけ先生の研究が有望という証ですね」

「僕の研究じゃなくて、僕らの、だよ」

祝田が嬉しそうに微笑む。そして、マウスの実験室に入った。

「問題になっているのは、バージョン5の二例です。それで、改めて量を増やして実験しましたが、ご覧の通り、各マウスの状態は良好です。健康な脳細胞が増え、適量で再生増殖は止まります。アルツハイマー病も治まって、動きも活発になりました」

ケージに入れたマウスの前に置かれたパソコンに、脳内細胞の変化データが表示されている。確かに、順調だ。

「ところが、サルでは、一〇頭に一頭の割合で制御不能になる例が出現します」

一割というのは、深刻だった。

祝田は別の実験室に、篠塚を案内した。ガラス張りの大きなブースが一〇個あり、サルが飼育されている。

「マウスでは出現しない暴走が、サルでは起きる原因は、今のところ未解明です。もっとも、この暴走を止める方法は見つけられそうです」

祝田は、モニターの前に篠塚を座らせると、マウスを操作した。

「秋山教授にアドバイスをいただいて、生活習慣病の症状を持ったサルをそれぞれ用意して、P7を移植しました。暴走が出現するサルには、共通項がありました。いずれも高血圧だったんです」

サルの血圧は、ヒトとほぼ同じといわれる。フェニックス7が増殖を続けた結果、脳が破裂してしまったサルは、いずれも最高血圧が二〇〇を超えたのだという。

「この、ＭＭ６６７というサルは以前から高血圧で、やはりＰ７の暴走が始まりました。それで、血圧降下剤を投与したところ、この通り、アルツハイマー病もほぼなく、元気に生活しています」

「すごいな、真希ちゃん。やっぱり、君は僕らの救いの神だ」

血圧の管理で解決できるなら、さして難しい問題ではない。

「まだ、検証の必要があります」

「もちろん。どんどん進めてくれ」

ＭＭ６６７が穏やかに仲間の毛繕いをしている。

サルは顔を上げると、篠塚を見た。目が合った瞬間、いきなり歯をむき出して攻撃してきた。腰が引けたが、両者の間には、分厚いガラスがある。サルはガラスに激突して額をぶつけ、反動でひっくり返っている。

篠塚がガラスから離れ、祝田の方を見ると、何か言いたげにしている。

「何だね。遠慮なく意見を聞かせてくれ」

「この凶暴さが引っかかるんです。マウスでは発現しなかった暴走が、サルで起きたということは、人間でも起きる可能性が高いと考えるべきです。いや、それどころか、人間ではさらに深刻なトラブルを起こす可能性も秘めている」

祝田は、慎重派だ。

「可能性は否定しない。そのあたりは、他の創薬と同様のステップを、丁寧に踏むだけだ」

「でも、P7は、従来の薬というカテゴリーにはおさまりきらないと思います」

「薬よりもっと安全なものだよ。全ては患者自身の細胞から抽出したものなのだから」

「ガン細胞も、細胞の突然変異です。ですから、先生の理屈は説得力に欠けます」

祝田は、フェニックス7が生まれるプロセスについて、徹底した解明が必要だと主張する。

ヒトの体細胞に特定因子を導入すると幹細胞となり、人体の様々な組織を生み出すことが可能になる。

人工的に新しい幹細胞を生み出すマジックには、未解明の点があるものの、他者が論文通りの製法で実験し、同じ結果を得られれば、それが本物の新発見であると証明される。

iPS細胞もIUS細胞も同様の検証を経ており、問題点が発覚するたびに、それを修正してきた。

この手法は、製薬でも同じだ。

たとえば、麻酔薬の効果の原理は、完全には解明されていないのだが、それを利用すれば、手術中に痛みを感じることがなく、一定時間が経過すれば、眠りから覚めると証明されたから、利用されているに過ぎない。

そして、医学界や薬学界から「その薬が、なぜ麻酔に使えるのかの原理を解明せよ」という声は上がらない。

それが、医学なのだ。

「悪いが、その議論は改めてやろう。今日は時間がない」

「そうですね。すみません。では、ひとまず現況については、リポートをまとめます」

物分かりの良さも祝田の美点だ。

細胞の制御不能は致命的な問題になるかと危惧したが、案外すぐに解決策が見つかって良かった。

これで、麻井を安心させられる。

窓の外を見ると、雪がちらついていた。

13

東北大学の解剖室はひどい底冷えで、楠木の膝下の感覚がなくなってきた。暖房が入っているにもかかわらず、あまりの寒さに、楠木は軽く足踏みして暖を取ろうとした。

だが、解剖を手際よく進める立田教授は、楠木より薄着なのに平然と手を動かして仕事に没頭している。

「あんた、その足踏みやめてくれないか」

「失礼しました。それにしても、ここは冷えますな」

「地下二階だからな」

今朝、用水路で死んでいるのが発見された八十九歳の檜山妙《ひやまたえ》の司法解剖を、今朝、立田は快諾した。楠木が遺体を運び込むと、助手と二人ですぐに取りかかってくれた。

消毒薬の匂いがきつくて、無性にタバコが吸いたくなった。その反動で、また貧乏ゆすりをしてしまったようだ。

立田が手を止めて、苦々しげにこちらを見た。

「先生、ちょっと外に出ます」

「好きにしたまえ。あと三十分ほどで終わるよ」

外に出る理由がバレているようだな。いずれにしても、俺があそこにいても、何の役にも立たないんだ。廊下に出て温かい缶コーヒーを購入し、タバコをくわえた。

ライターを手にしたところで、壁の張り紙に気付いた。

〝学内とその周辺は全面禁煙です〟

ため息をついてタバコをしまった。

あの老女の死因に不審な点が見つかったら、どうしようか。

殺人事件なんて、滅多に起きない宮城市だ。殺人の可能性があるだけで、本部の捜査一課に情報を上げるべきなんだろうな。

だが、楠木は気が進まない。捜査一課長の喜久井に嫌われているからだ。

喜久井は、かつて楠木が鍛えた後輩だ。

駆け出しの刑事だった頃は、呆れるほどのぼんくらだった。刑事としては無能だが、世渡りだけは天才的に上手かった。そして、今や宮城県警における強行犯事件の指揮官だ。

昨年、宮城中央署管内で殺人事件が発生して、署内に捜査本部《ちょうば》が立った。深夜に女性の独り暮らしの部屋に忍び込み、強姦し殺人に及んだという凶悪事件だった。

当初は、被害者の関係者が犯人と思われてすぐに解決するだろうと考えられていたが、めぼしい容疑者が浮かばず捜査は難航した。おまけに被害者がミス仙台という美人だったこともあり、マスコミの扱いが大きかった。

喜久井は自己アピールのチャンスと思ったらしく、張りきって陣頭指揮を執ったのだが、その指揮が酷すぎた。その上、功を焦って見込み捜査をしたために、あやうく無実の男を逮捕しかけたり、側近だけで情報を隠蔽したりと散々だった。

結局は、楠木ら所轄チームの地道な聞き込みによって、容疑者逮捕にまでこぎつけた。

一件落着――といくはずが、宮城中央署刑事課が情報を隠蔽したために、あやうく容疑者を取り逃がしそうになったというウソの情報を、喜久井が上層部に流した。楠木率いる所轄が真犯人を逮捕して、喜久井のメンツを潰したのが気に入らなかったらしい。

それほどに嫌われているのだから、行き倒れと思われた老人が殺害された可能性があるので、捜査したいと楠木が上申しても、おそらくは受理されないだろう。

とにかく確固たる物証を手に入れるまでは、内密に捜査する方が得策かもしれない。

「係長、教授がお呼びです」

法医学教室の助手に声をかけられて、楠木は残りのコーヒーを飲み干した。

「外傷はなかった。死因は、脳出血だと思われるな」

立田教授が遺体を前にして説明した。

「つまり、異常死ではないんですな」

「人は皆、死ぬのが自然なんだよ。生きるためには、努力がいるからな」

教授の口癖は聞き流した。

「遺体は、用水路で発見されているんですが、溺死ではないんですね」

「そうだね。肺に水は入っていない」

なら、脳出血で亡くなった後、水路に落ちたか……。

「死亡推定時刻は？」

「死後、二十時間から十二時間前ぐらいの間かな」

前日の午後六時から午前二時の間だ。

「幅が広いですね」

「用水路に浸《つ》かっていたからね。体温変化が微妙なんだよ」

午後六時は既に日は暮れているものの、人や車の行き来がある時間帯だ。大きな市道沿いの用水路に落ちたのだから、目撃者がいてもおかしくはない。

「亡くなってから、すぐに用水路に落ちたのは、間違いないんでしょうか」

「それは、分からない。何だ、もしかして、脳出血で死んだ年寄りを、誰かが用水路まで運んで棄てたと考えているのか」

さすがにそれはおかしいな。だとすると、深夜に用水路沿いを歩いていて、発作が起きたか……。

「それにしても、いつもながらあんたの慧眼は、大したもんだ」

何を褒められているのかが分からなかった。

「このおばあさんの、行方不明の届出があったのが二ヶ月前なんだろ」

そうだと認めると、教授は遺体にかけてあったシーツをはいだ。

「この肉付きといい、胃の内容物といい、死の直前までは一般人と同じ生活をしていたと考えられるな」

やはり、檜山妙は行方不明になった後、どこかで保護されていたのか。

「行方不明後の二ヶ月は、快適な生活だったと思われるな。この肌艶なんて、とても八十九歳とは思えんよ」

教授が撫でる腕には、確かにシミもない。

「若々しいといえば、このおばあちゃんは、脳もなんだか若い印象があるな」

「と、おっしゃると」

立田は、いきなり頭蓋を外した。

怯《ひる》みそうになったが、楠木は立田の示した脳の状態を見るために、顔を近づけた。

「脳というのは、他の細胞と違って、古い細胞が死んでも新しい細胞に入れ替わらないんだ。だから、二十歳をピークに脳細胞はどんどん死滅していく。アルツハイマーは、その死滅が速くなって、脳みそが減少し、ヘチマタワシのように鬆が出来るんだ。なのにこのおばあちゃんの脳には、まったくそんな様子もない」

「行方不明者届には、重度のアルツハイマー病を患っているとありましたが」

「この脳はどうみても、アルツハイマーじゃないよ」

どういうことだろうか。

考えられるとしたら、かかりつけ医が誤診した可能性か……。

遺族に問い合わせて、かかりつけ医を聴取すべきかも知れない。

そして、檜山妙は、遺体として発見されるまで、どこで過ごしていたのか。別の場所で亡くなったのを、誰かが用水路まで運んだのだろうか。

「詳しい報告書は送るよ。あとは、あんたの腕次第だな」

そう言われても、現状では、これが事件かどうかすら判断できなかった。

14

「高血圧が、悪さをしていたのか。それにしても、真希ちゃん、頑張ったなあ。短期間で、原因の特定、検証、そして、対策まで終えるんだから。頭が下がるよ」

仙台駅直結のレストランで、牛タンとご飯を頬張りながら、鋭一はまくし立てた。しゃべるたびに、口の端から米粒が零れているのも、お構いなしだ。

「秋吉先生、食べるか、しゃべるか、どっちかにしてください。篠塚先生も私も不快です」

鋭一に心酔する、公私ともにパートナーの周だったが、師匠の行儀の悪さには容赦がない。

「ああ、悪かった」

鋭一は、素直に詫びた。だが、食べることも話すこともやめない。隣に座っていた周が、祝田がまとめた文書を取り上げた。

「悪いと思ったら、改めてください。先生がまず専念するのは、食事です」

鋭一は、牛タンに集中したようだ。

代わりに周が、篠塚に言った。

「これで、問題解決でしょうか」

「何か、引っかかることがある？」

「今回の検証は、いずれも一つの疾病だけをチェックしています。でも、複数の症状が重なった場合も、実験した方が良いと思うんです」

「雪は、心配性だからな」

最後のご飯をお茶で飲み下した鋭一が、参入した。

「私たちが再生しようとしているのは、脳細胞ですよ。いくら心配しても、過剰ではないと思います」

小顔で細く優雅な鼻、尖りすぎない顎を持つ美女は、頭脳も鋭一に負けないほど優秀だった。そして、「中国人らしからぬ慎重派」と鋭一が唸るほど、拙速を嫌う。

「『BIO JOURNAL』の疑いを完全に拭い去るためには、もっと徹底した検証が必要じゃないでしょうか」

日本人より上手かつ丁寧な日本語で攻められて、篠塚も白旗を揚げた。

「そうかも知れないな。真希ちゃんに、相談するよ」

「それで、アルキメ科研としては、『BIO JOURNAL』に抗議するんだろ」

闘いが大好きな鋭一が、至極当然のように言った。

「理事長は、黙殺せよと、おっしゃっている」

「あのおっさんは、傲慢だからな。クソめ」

鋭一の氷川嫌いが全開になった。

「抗議ではなく、反証を寄稿するべきだろうな。それと明後日、クラークが取材に来る」

「アメリカ人はフットワークが軽いな。ちょうどいいじゃないか。受けて立ってやろうぜ。ところで、お国はいつになったら、P7の治験に、ゴーサインを出しくれるんだ」

鋭一が、爪楊枝で歯をせせりながら、話題を変えた。

「麻井さんの話では、『BIO JOURNAL』に対しての反証が認められたら、大丈夫だと」

「アイツも、調子いいからな。志には共鳴するけど、どうもビジネス臭がプンプンするのが嫌だね」

「そんな風に他人の悪口ばっかり言ってると、唇を縫っちゃいますよ」

すかさず周のダメだしが出た。

「麻井さんは金融屋だからな。けど、彼が東京で戦ってくれているから、俺たちは研究に専念できるんだ。だから、明日は彼の質問にパーフェクトに答えて、安心させたい」

「よし、じゃあ、いざ我がユートピアに向かいますか」と鋭一が、トイレに立った。

彼が化粧室に入るのを見届けた周が、そっと囁《ささや》いた。

「鋭一には、絶対言うなって言われたんですが、お伝えしておくことがあります」

遂に結婚するのか。

「先週の検査の結果、鋭一は膵臓ガンのステージ4だと診断されました」

15

署に戻る途中で、楠木は渡辺を呼び出した。

行きつけの喫茶店で待ち合わせたが、店に入ると、既に渡辺は奥のコーナー席に陣取っている。

まずは、立田が解剖で示した見解を説明した。

「なんだか、ホントにヤバくなってきましたね」

「ヤバいというのか、不可解というのか。俺のような凡人が調べるには、荷が勝つかもしれない」

「何をご謙遜を。これを見つけたのは、楠木係長ですよ」

「本当に見つけたんだろうか」

単に虫の知らせで動いたに過ぎない。事件の可能性が出てきたのに、それがどんな事件なのか、さっぱり予測できないのだ。

「どう考えても、事件でしょ。ボケ老人が行方不明になって、野垂れ死んだのかと思ったら、何ヶ月か経ってから遺体で見つかる。しかも、行方不明の間、何やら快適に生活していたらしい。なのに、死んだら用水路に遺棄されるのは、おかしすぎます」

確かに、渡辺の指摘を聞いていると事件のようにも思える。

「だが、まだこの一件だけだ」

「そうでもないんですよ。俺が作ったリストの遺族の中で、二組ほどに話を聞いてみたんです。そうしたら、お妙《たえ》ばあちゃんと似たケースがありました」

渡辺が、二つの報告書をテーブルに並べた。

「こっちの爺ちゃんは、先月発見されました。認知症で夜の徘徊が酷かったそうです。それで行方不明になって約三ヶ月後に三本松の空き家で発見されました。死後二日ほど経過していましたが、事件性はなし、遺体の健康状態は良好でした」

頑固そうな面構えの老人の写真がテーブルに置かれた。

「それからもう一人。こちらの遺体にもやはり外傷はなく心不全だと診断されています。行方不明になって一ヶ月半ほど経ってから発見されています」

二つの遺体は、司法解剖を行っていない。いわゆる行き倒れ死として扱われたからだ。

死因は心不全とされているが、確かに状況は似ていた。

「ナベ、なんだかつまらない事件に巻き込んでしまったね」

「つまらないどころか、とても刺激的っすよ。俺の守備範囲ではないですが、徘徊老人の死の原因を探るというのは、防犯を担当する生活安全課員としては放っておけない案件です」

これが、連続殺人事件となると刑事課が総動員される事件となるが、圧倒的な人手不足の所轄では、刑事課と生活安全課は、頻繁に人材の貸し借りをする。

「これを本気で捜査する時には、あんたのサポートを、笹岡課長に頼むつもりだ」

生活安全課長の笹岡は若いが、楠木の上司の勝俣のような保身にこだわる男ではないから、許可してくれるだろう。

「楠木係長は、まだ本気になれないいんっすか」

「本気なあ。というか、考えすぎじゃないかという疑念が拭えない」

「こんなに共通項があるのにですか」

「共通項はあるよ。でもな、たとえば、認知症老人の駆け込み寺に逃げ込んだとは考えられないか」

「ボケ老人をタダで受け入れる駆け込み寺なんて、この町の一体どこにあるっていうんです」

「タダかどうかは分からんぞ」

「本当にそんな駆け込み寺があったとしましょう。そんな奇特な施設なのに、最後は死体遺棄っすか。堂々と、救急車を呼べばいいじゃないですか」

いちいちごもっともな話だな。

「だが、これが事件だとしても、殺人事件には見えない。立田教授が解剖した檜山さんについても、死因は脳出血だ」

「他の二人の死因が分からないのが、残念っすねえ」

その一言で、立田の指摘を思い出した。

「ナベ、お妙さんの主治医に話を訊いてくれないか。できたらカルテの写しも欲しい。俺はこの二人について、もう一度監察医に確認してみるよ。けど、これだけじゃあ、ウエには上げられんなあ」

「それは好都合でしょう。勝俣課長は、殺人事件なんて起きて欲しくない人だから、中途半端な状態で相談したら、握りつぶされますよ。だから、ここは俺と楠木さんの二人で、隠密捜査しましょうよ」

「やけに前のめりじゃないか」

「最近、なんか燃えるような事件がないじゃないっすか。どこか不完全燃焼なんすよね。それに、俺ずっと刑事課への異動を希望してるんで」

なるほど、そういう下心もあるのか。だが、その方が俺は気を使わなくていい。

「ナベがそこまで言うなら、やってみるっぺかな」

「よっしゃ！」

氷だけになった空のグラスで、二人は乾杯した。

16

楠木が署のデスクに戻ると、険しい顔をした松永が駆け寄ってきた。

「どうした？」

「県警の応援が、キャンセルされたそうです」

県警に何を頼んでいたのか、すぐに思い出せなかった。

「なんだっけ？」

「夜の張り込みですよ。さっき、課長から通達があって。今日の張り込みは中止だと」

小野田爺さんの故買屋を張り込む件か。なんでそんなバカな通達をするんだ。

「課長は、どこにいる？」

「署長室です」

だとすれば、ちょうど良いかもしれない。署長の棚橋は、捕物好きだった。

署長室を訪ねると、勝俣課長の他にもう一人、客がいた。県警本部捜査三課の杉原課長だ。

「やあ、楠木。お邪魔しているよ」

出直すと棚橋に告げると、「どうせ、夜の捕物の一件だろ」と言われた。

「まあ、そんなところです」

「俺も、その件でお邪魔したんだ。おまえさんらにお詫びを言わなくちゃいけなくてな」

杉原の詫びの意味が分からなかった。

「実は、例の故買屋の件だが、さきほどウチの方で踏み込んだ」

所轄を出し抜いたのか。

「そんな顔をするな。事情があったんだ。我々がマークしていた中国窃盗団のリーダーの金子が、今日の昼過ぎ、小野田のところに姿を見せたんだよ。それで、踏み込んだ」

「楠さんからの連絡を受け杉原君は、すぐに部下を故買屋に張り込ませたんだそうだ。そうしたら、金子が姿を見せた。しかも、何やら大きな品を二つも持っている」

だとしたら、踏み込んで当然だな。俺たちと違って、連絡を受けてすぐに小野田の店を張り込むところが、杉原の優秀なところだ。

「その二つの品は、盗まれた国宝の仏像だった。そこで、逮捕に至った」

「首尾は？」

金子の他に二人を逮捕したと、杉原が答えた。

「そういうわけで、端緒を摑んだのは、我が署のホープ松永千佳ちゃんだが、こういう事情では致し方あるまい」

棚橋の主張に異論はない。だが、勝俣は許せなかった。

「なぜ、松永に説明してやらないんですか」

「隠していたわけじゃないよ。まずは、杉原課長の説明を聞いた上でと思っただけです」

そうじゃないだろう。単なる意地悪だ。

「ちょうどいい。杉原君から、一言褒めてやってくれないか」

棚橋に明るく求められて杉原は頷いた。

楠木が内線電話で呼び出すと、数分で、松永が姿を見せた。

「失礼します！　松永入ります！」

「ほお、さすが我が県警女子柔道部を全国大会ベスト4に導いてくれただけはあるな。良い面構えをしている」

「ありがとうございます！」

杉原は彼女に座れと命じると、午後の捕物を説明した。話が進むにつれて、松永の顔が輝いた。

「では、一網打尽にできたのでありますね」

「そうだ。君が地道な捜査で、端緒を摑んでくれたお陰だよ。感謝する」

わざわざ立ち上がって杉原は、松永に握手を求めた。

「微力ながら、お役に立てて感激です！」

実際は、自身の手で逮捕したかったろうに、松永はけなげに礼を言っている。

勝俣は苦々しげにそれを見ていた。

「君らに声をかけずに申し訳なかった」

杉原の言葉が救いだった。

「とんでもないことであります！　事件が解決できたのですから、それで充分であります」

17

祝田も交えたブレスト・ミーティングがお開きになった時には、午後十一時を過ぎていた。

「鋭一、ちょっと呑まないか」

疲れきった研究者たちがアルキメデス科研本館の最上階の会議室から出て行く中、ノートパソコンに向かったきり腰を上げようとしないパートナーに、篠塚は声をかけた。周と一瞬、目が合った。

よろしくお願いしますと言うように会釈して、周が先に部屋を出た。

「いいねえ。どこで呑む？」

「ゲストバーで」

氷川は本館にＶＩＰ用のバーを設置している。既に氷川は東京に戻っているし、今日は無人のはずだった。

「面倒なＶＩＰがいるんじゃないのか」

「今日は誰もいないし、この時間ならバーテンダーも帰っている」

「じゃあ、たまには贅沢させてもらおうかな」

鋭一はさっさとパソコンを小脇に抱えると、バーに向かった。

パーティースペースとしても利用できるバーは広々としているが、今は、カウンターにあるランプが一つ灯っているだけだった。

篠塚は、時々、ここで一人で呑むので、勝手は知っている。しかも、今日は予めバーテンダーに声をかけてあったので、テーブルの準備は整っていた。

「シャンパンを開けるか」

「何のお祝いだ？」

「また、一つ問題を解決したことに」

「なら、真希ちゃんも一緒にお祝いだ」

スマートフォンを取り出し、祝田を呼ぼうとする鋭一の手を止めた。

「いや、今日は二人で呑みたいんだ」

「そっか。暫く二人で呑んでないもんな」

フランスの友人が「とっておきのお祝いの時に」とプレゼントしてくれたフィリポナという

醸造所《メゾン》のシャンパンを抜栓した。二〇〇六年のクロ・デ・ゴワセだ。

「へえ、初めて聞く銘柄だ」

「おまえが酒の銘柄を気にして呑むことなんてあるのか」

「ドンペリやモエ・エ・シャンドンぐらいは知ってるぞ」

「まあ、呑んでみろよ」

フルートグラスに酒を注ぐと、篠塚は窓際のカウンターに移動した。

眺望はいいはずだが、深夜なので窓の外は漆黒の闇だ。

「フェニックス7に！」

二人は、声を揃えて乾杯した。

周に言われてから改めてよく見ると、明らかに鋭一はやつれている。何より頬がこけているのが気になる。

「シャンパンなのに、やけに主張するな、この酒」

「ゴワセというのは、フランスの古語で『重労働』という意味なんだそうだ。ここのメゾンの畑は、急傾斜にある。しかも、畑の下に川が流れていて、川面の反射でブドウの木の下からも太陽の光が当たる。ブドウは日光に当たれば当たるほど美味《おい》しくなる。それで、重労働と分かっていても急傾斜地でブドウを育てた逸品だから、そんな名が付いた。俺たちが祝杯を上げるにはぴったりの名だと思わないか」

友人からの受け売りだったが、こういう話を聞く度に、自然の仕組みの妙を感じる。

「ほんと、おまえは博識だよな。僕なんて、そういう蘊蓄《うんちく》を説明してもらっても、すぐ忘れちゃうよ。でも、『重労働』という名は、気に入った。おかわりをくれ」

鋭一の病気を考えると、もう一杯注ぐべきか躊躇った。

「そんなに飲んで、大丈夫なのか」

「なんだ？　雪がしゃべったんだな」

「ああ」

大袈裟にため息をつかれた。

「余命三ヶ月。医者からも、やりたいことをやれと言われている」

まるで他人事のように、あっけらかんとしている。鋭一らしい明るさがかえって辛い。

「誰に見てもらった？」

「ガン研の村本先生だ」

膵臓ガンの第一人者だ。

「彼なら、奇跡を起こせるかも」

「冗談言うなよ。僕のガンは手強いぞ。何しろ、僕の細胞の突然変異だからな。どんな過酷な試練も克服するぜ」

「何か方法はないのか？」

「僕は最期まで研究したい。だから何もしない。それで、好きにしろと言われた。心おきなくそうするつもりだ」

村本が、好きにしろなどというはずがない。どうせ、鋭一がひと暴れしたんだろう。

「だからって、研究から外すなんて言うなよ。P7だけが、僕の生き甲斐なんだからな」

「治療に専念してから、頑張ればいいじゃないか」

膵臓のIUS細胞による再生の可能性がないだろうか。重度の糖尿病患者の場合、膵臓移植が実施されるケースはあるが、ドナーが見つかるのが稀《まれ》なこともあって、iPS細胞やIUS細胞で、本人の膵臓を再生する研究が始まっていた。

「ウチで、膵臓の再生細胞の研究もやるか」

「おまえバカだな。僕と同じぐらいバカだ」

明るく言われて、鋭一も同じことを考えたのだと悟った。

「実際、生命研の膵臓再生研究のチームに、それとなく現状を聞いてみた。だが、あと十年はかかりそうと言われたよ」

「けど、やってみる価値はあるんじゃないか」

「ないな。おまえの強引かつ楽観的な発想は好きだが、虻蜂取らずはダメだ。僕らが向き合うのは、P7だけでいい」

ガラスに鋭一の顔が映っている。闇に浮かんだように見えるそれは、鬼気迫るものがあった。

まさに命がけで、フェニックス7に挑むという決意表明だ。

「分かった。ただし、体調が悪い時は休んでくれ。それと、今日を境に、俺たちは酒を断とう」

「両方ともNOだ」

「鋭一、もう少し利口になれよ」

「僕は、我慢が嫌いだ。というか、余命宣告された以上、我慢はナシだ。体調がどうあろうとも、僕が大丈夫だと思ったら、研究を続ける。そのわがままは認めてくれ」

認めてやりたいが、ガンは容赦なく肉体と精神を蝕《むしば》む。だから、無理はしてほしくない。

「分かった。おまえの好きにすればいい。ただし、酒だけはやめよう」

「いやだね。多少は長生きできるかも知れないが、そんなのは愉しくない。そもそも僕らは、P7を生成するまで酒断ちすると何度も誓った。けど、持って一ヶ月だ」

破ったのは、いつも篠塚だった。

「今度は、俺が頑張るから」

「頑張るな。おまえは、もう十分、頑張り過ぎだ」

ずっと窓に向けられていた鋭一の顔がこちらに向いていた。

「僕がガキみたいにワガママだから、対外的な問題や取材対応、さらにはカネを獲得する活動だって、全部おまえ一人に任せっきりだ。最後に晶《あき》ちゃんや淳平《じゅんぺい》君や早菜《さな》ちゃんに会ったのはいつだ。そんなことしてたら、おまえも長くないぞ」

反論できなかった。

現在も鎌倉に住む岳父の診療所を手伝っている妻の晶子とは、もう三ヶ月会っていない。冬休みになったら、こちらに遊びに来ることにはなっているし、蔵王にスキーに行く予定だ。しかし、こうもトラブルが続くと、その約束も守れそうにない。

「いずれにしても、僕は何も我慢しない。だから、おまえもつきあえ」

了解を促すかのように、鋭一がグラスを上げた。篠塚は渋々応じた。

「ここまでバレたら、一つ相談に乗って欲しいことがある」

「何でも言ってくれ」

「雪に、結婚を迫られている」

「それは、めでたい」

「めでたくないだろ。僕はもうすぐ死ぬんだ。なのに、結婚なんて無責任だろ」

だが、周はそこまで思い詰めているのだ。

「おまえは、今のことしか考えられない男だったんじゃないのか」

「まあな。けど、あいつはまだ二十七歳だぞ。しかも、祖国に帰れば大富豪の父親と党幹部の母親がいるんだ。なにも、死にかけの日本人と結婚する必要はない。おまえは、相談に乗ってくれると言った。それで、僕の相談は、雪に結婚を諦めるよう説得することだ」

頑固者という意味では、周も相当なものだ。

周が両親の反対を押し切って、東大の生命研に留学したのは、鋭一に憧れたからだ。上海で開催された国際再生医療学会での鋭一のプレゼンに感動し、弟子入りを切望した。鋭一が「喜んで」と返すと、二ヶ月で生命研に移籍してきた。

しかも、当初は無給だった。

鋭一の研究だけではなく、鋭一という人間にも惚れ込み、何をするのも、どこに行くのも離れなかった。

これまでは一人の女性とは長続きしなかった鋭一も、なぜか周だけは馬が合ったようで、既につきあって四年になる。

両親や、清華大学の恩師からは、事あるごとに戻ってくるように催促されているようだが、周はすべて無視した。

誰が何を言っても主張を曲げない頑固者の彼女に鋭一との結婚など望むなというのは、死ねというに等しかった。

「悪いが、それは無理だな」

「これは、僕なりの愛情表現なんだ。僕は、誰かの思い出の中で生きていたくない。太く短くが信条だ。だから、雪も僕が死んだら、きれいさっぱり僕を忘れて、新しい人生を歩んで欲しい」

「おまえの願望を押しつけるのは、愛情でもなんでもないぞ。彼女が自分で決めることだ」

どんな反対意見でも、それが正しいと分かると、鋭一は途端に無口になる。

「まあ、話だけはしてみるが、これは雪ちゃんの好きにさせてやるべきだ」

「なんだか面倒だな。だけど、とにかく話はしてくれ。あと、限られた時間を有効に使うために、僕をここに置いてくれないか」

「いいのか」

成り上がりの勘違い野郎は、性に合わないと言って、氷川を嫌悪する鋭一は、これまで何度勧めても、東京から離れようとしなかったのに。

「カネの亡者の傲慢男は嫌いだが、そんなことを言ってられない。研究施設としては、こちらの方が充実しているし、P7に専念できる」

「生命研の方は、どうする?」

「辞めてきた」

平然と言った。

「まじか。よくセンター長が許したな」

「いや、センター長はサンノゼに出張中なんで、辞職届を机に置いただけだ。だから、いいだろ。よければ、明後日に一度帰って、引っ越しの手配をする」

それは、「辞めてきた」ことにはならないんだが、まあ、なるようになるだろう。

「雪も一緒に来る」

それは鬼に金棒だな。

「ここで研究する以上は、おまえの極秘プロジェクトにも参加する」

「なんだ。その極秘プロジェクトって？」

いきなり振られて、下手な反応をしてしまった。

「P7の人体への治験だ」

暗がりの向こうで何かが光ったように見えた。季節はずれの稲妻が、凍てつく夜を引き裂いた。

第二章　接触

1

「ちょっと、呑みに行くか」

珍しく静かな一日が終ろうとしていた。杉原に褒められはしたものの、せっかく努力して摑みかけた大きなヤマを逃した松永のうさを晴らしてやりたくて、楠木は声を掛けてみた。

「ほんとっすか。ぜひ、お願いします！」

署から近い行きつけの居酒屋の暖簾《のれん》を潜《くぐ》ると、馴染みの女将が歓迎してくれた。カウンターにも席はあったが、奥まったテーブル席が空いていたので、そちらにした。

尿酸値が高い楠木は角ハイボールを、松永は生ビールを注文した。

「松永の頑張りに乾杯！」

楠木はそう言ってジョッキを手にした。

「ありがとうございます！　いただきます！」

両手で大ジョッキを持って、元気よく呑む姿は、さすが柔道四段なだけはある。

「いつ見ても惚れ惚れする呑みっぷりだなあ」

「そうっすか。親からは、はしたないと叱られます」

確かに俺に娘がいたとして、こんなビールの呑み方をしたら、顔をしかめるかもしれない。

「今回はよく頑張ったな」

「でも、詰めが甘いっす。本部の先輩たちは、ちゃんと張り込みしていたのに、自分は夜に向けて英気を養うことしか頭になかったすから」

「それは、俺のミスだ。ガサ入れ前に、張り込むという基本を忘れていた」

「自分、肝心な時に、ポカするんです。悪い癖です」

「何の話だ」

「普段は、係長に叱られるぐらい前のめりなのに、肝心な時に、ぼーっとしてます。チコちゃんに叱られます」

ますます意味が、分からない。

「チコちゃんて、誰だ？」

「失礼しました。ＮＨＫの人気キャラっすよ。クイズの答えを間違うと、チコちゃんが『ボーっと生きてんじゃねえよ！』って活を入れるんです。自分、あれ見て、いつも気合い入れてます」

まだ、よく分からなかったが、聞き流した。松永の話は、相手が共通認識に立って聞いているという思い込みが多い。いちいちそれを問い質《ただ》しているだけで疲れてしまう。

「ともかく、松永は結果が欲しい気持ちが強すぎて、空回りするんだろうなあ」

「はい。手柄挙げたいっす」

手柄か。昭和時代の熱血刑事ドラマを地でいってるな。

女将が注文を取りに来たので、子持ちシシャモと枝豆、ホヤの刺身を頼んだ。

「おまえ、なんで刑事になりたいと思ったんだ」

「自分、『太陽にほえろ！』のゴリさんに、憧れてんす」

「おまえ、いくつだ？」

『太陽にほえろ！』という刑事ドラマが放送されていたのは、昭和の半ばだ。

「二十七っす」

「あの番組が放送されていた頃は、おまえはこの世に存在すらしていなかったろう」

「自分ちは両親共働きで、小学生の頃は、昼間ずっと祖父母の家に預けられてました。祖父が刑事ドラマのファンで、昼間の再放送を一緒に見てました」

ゴリさんに憧れたというのは、納得できる部分もある。柔道の有段者で直情的なキャラクター設定だった。

「ゴリさんは功を焦ったりしなかったと思うけどなあ」

「そうなんすけどね。ちゃんとしたデカになるためには、やっぱ、でかい事件をモノにしないとダメだと、自分は思うんです」

　料理が運ばれてきた時には、松永のジョッキは空になっていて、お代わりを頼んだ。

「なんで、結果出せないいんでしょうか」

「自己分析は、しないのか」

「そういうの、苦手で。柔道もですが、自分は本能でぶつかって、結果を出すタイプです。考えない方がいいんです。たまに頭を使おうとするんすけど、かえって無駄にリキむんです。今日もそうでした」

　松永が本能で動いているのは、説明してもらうまでもない。

「つまり、おまえは反省しないんだな」

「ダメっすねえ」

「ダメだな。反省しない奴に、進歩はないし、おまえが喉から手が出るほど欲しがっている結果も出ない」

　間断なく枝豆を口に放り込んでいた松永の手が止まった。

「係長は、いつもそうやって達観されてますが、どうしてですか」

「達観なんてしてないぞ」

「係長は、どんな事件の時でも、冷静で的確に行動されるじゃないっすか。自分、そういうのに憧れるんす」

おまえは、人に憧れすぎだな。

「人は焦ると失敗をするだろ。俺も、若い頃数々の恥ずかしい失敗をしてきた。そのせいで、逮捕できたはずの容疑者を逃したこともある。だから、事件が起きたら、まず深呼吸して、自分に焦るなって言い聞かせてから動くようにしている」

松永が手帳を開いてメモを始めた。

「それと、おまえは辛抱が足りない」

「よく言われます」

「なら、直せ。若い者は失敗を恐れなくていいと、俺は思っている。だが、同じ失敗を繰り返すようなら、刑事は無理だ」

分かりやすいぐらい、松永はショックを受けていた。

「なあ松永、事件に大きいも小さいもない。些細《ささい》な事件でも、俺たちが捜査して立件しなければ、被害者は泣き寝入りするんだぞ。自分が担当した事件は、すべて重要な事件だと思うことから、考えを改めろ」

「おっす」

声が小さくなった。

「結果は出すもんじゃないんだ。しっかりと事件を追えば、必ず結果に至るものだ。それが、我々が期待したものかどうかは、別の話だ」

えらそうに講釈を垂れているが、そもそも俺は、刑事としては二流だ。誰かに何かを教えるほどの実績もない。

だからこそ、松永の苦悩が分かるのかも知れない。

松永が、水滴で濡れているジョッキを見つめている。

「一つ、聞いていいか」

松永が顔を上げた。

「おまえは、さっき柔道は本能でぶつかれば、結果が出る、と言ったな。だが、最初から本能でやったら、柔道にならないだろ。受け身や形《かた》をしっかり身につけた上で、初めて勝負の場に立てる。つまり、まずは柔道としての基礎を体に覚えさせる必要があるわけだ」

「あっ。そうっす。おっしゃる通りです。でも、辛い稽古の意味が、自分には理解できませんでした」

「それでも、柔道で強くなりたいから、夢中で先輩やコーチの指導に従ったんだろ」

「そうっす」

「刑事になって、それができているか？　おまえは、刑事として闘う準備ができていないとは思わないか」

松永が考え込んでいる間に、楠木はシシャモを一本食べ、ハイボールを舐めた。

「その通りだと思います。自分、こんな当たり前のことを忘れていました。情けないっす」

「いちいち落ち込むな。捜査のいろはなんて誰も教えてくれんよ。先輩たちから盗み、叱られながら学習していくんだ。その過程は、柔道と変わらないはずだぞ」

強引なこじつけかもしれない。だが、松永は納得している。

「そっかあ。自分、それができなかったのかあ。ありがとうございます。明日から、励みます！」

急に元気になって松永は、残りの枝豆を残らず口に放り込んで、ビールを飲み干した。

「励むって、どうするつもりだ？」

「ですから、デカの基礎を体が覚えるまで繰り返し叩き込めばいいんすよね」

「どうやって？」

「えっと……、どうやれば、いいのかなあ。係長、良い方法を教えてくれませんか」

まったく、こいつは。

「そんなものはない。おまえが担当する事件をひたすら丁寧に、最後までやり遂げるしかない」

松永は不服そうだ。もっと刺激が欲しいと言いたげだ。

「あの係長、虫の良いお願いをしてもいいですか」

「内容次第だな」

「生安の渡辺巡査部長《ぶちょう》から聞いたんすけど、お二人でヤバいヤマを密かに捜査されているとか」

　あのおしゃべりめ。

「そうだとしたら、なんだ？」

「渡辺先輩の話では、人手がいるとか。自分でよければお手伝いさせて戴けませんか」

　その時、楠木の携帯電話が鳴った。妻の良恵からだ。

「どうした？」

〝ああ、お父さん、お仕事中ごめんね。お義母さんが、また――〟

　行方不明になったのか。

2

　楠木の実母、寿子《ひさこ》は八十二歳になる。山形県の農家の出身で、仙台の百貨店「藤崎」に勤務していた時に、技師だった父と出会い結婚、楠木を頭に一男二女を設けた。

「藤崎」では婦人服売り場を担当していた母は、派手ではないがお洒落で明るく社交的だった。

　ところが、三年前に父を亡くし、さらに昨年に愛犬を見送ったあたりから、様子がおかしくなってきた。

妹二人は県外に嫁いだために、楠木と妻の良恵が、母の面倒を見ていた。

愛犬が死ぬまでは、官舎から歩いて十分ほどの実家で独り暮らしをしていたのだが、腎臓を悪くして入院した今年の春から、楠木らが官舎を出て、同居を始めた。

愛する相手を立て続けに失った上に、体調を崩して入院したことで、母の中で生きていく支柱が折れてしまったようだ。

少しずつボケが表出した。それが、この数ヶ月で顕著になり、夜、一人で徘徊するようになったのだ。

楠木は「ここは奢りだから、ゆっくり呑んでいけ」と松永に告げて、先に店を出た。運良くタクシーを摑まえ、自宅に急いだ。

自宅の灯りは灯っていたが、妻は不在だった。リビングのテーブルにメモがあった。

〝ひとまず、以下の順番で、捜してみます〟と書かれ、母が散歩の時に立ち寄る公園、父と愛犬の墓がある霊園、さらに結婚した直後に両親が住んでいた公団住宅と続いた。

楠木は妻の携帯電話を呼び出した。

「自宅に着いた。俺はどこを当たろうか」

〝まさかだと思うんですが、「藤崎」の本店に行ったんじゃないかと思うんです〟

母が働いていた百貨店は、現在も仙台の繁華街にある。

「なぜ、そう思う?」

〝今朝、「藤崎」で働いていた頃のアルバムを取り出して、懐かしいわあ、と何度も言ってたし。それに――〟

「母さんの行き先が、どんどん時間を遡《さかのぼ》ったところになってるからだな」

〝そうであります、係長〟

妻とは職場結婚だった。元気潑剌《はつらつ》の少年係婦警で、同じ署の刑事課にいた時に知り合った。なので、時々こういう返しをする。

「だが、すまん。俺は酒を呑んじゃってる。なので電車で行ってくるよ」

〝そうだと思って、匡《ただし》にさっきＬＩＮＥしたの〟

長男の匡は、地元の東北学院大学を卒業して、仙台市役所に勤務していた。

〝まだ、返事は来てないんだけど、あの子に任せるわ。係長は、自宅待機ってことで〟

「すまんな。ところで、交番には電話したのか」

五〇〇メートルほど離れたところに、宮城中央署管轄の交番があり、母が二度目の徘徊をした時に、協力を要請してあった。

まだというので、楠木が連絡を入れたが、不在なのか誰も応答しなかった。

やることがなくなり、楠木はリビングのソファに腰を下ろした。

長男の使命だと偉そうには言っているが、実際は、母の面倒は良恵に任せっきりだった。

仕事にかこつけているが、母と距離を置いている本当の理由は、別にあった。

子どもの頃からお洒落で明るい母が自慢だった。寡黙な技師の父を立てながら、家庭のムードを盛り上げてくれた母のお陰で、一家には笑いが絶えなかった。

その母が、今は別人のように見える。記憶が蒸発しているとでも言うべきか、週に数回は、楠木を父と間違うし、良恵を妹と思い込んで話すことが増えた。

身だしなみにも気を使わなくなり、髪には白髪も増え、突然遠くを見るようにぼんやりと立ち尽くしたり、自分の殻に閉じこもることもある。

これが、あの母なのか。

楠木はそれを認めたくなくて、母と関わるのを極力さけるようになった。仕事が早く終わっても、縄暖簾を潜る日が増えた。

今晩だって、松永の慰労だと言ったが、実際はどうか分からない。

挙げ句に、母の捜索にも役立たずだ。

そこで、電話が鳴った。

〝父さん！　見つかった〟

息子の声が弾んでいた。

「どこに？」

〝「藤崎」の通用口の前にぼーっと立ってた。今から、車でそっちに送りに行くよ〟

良かった。

「助かる。ありがとうな」

〝礼には及ばないよ。でも、やっぱ真剣に考えた方がいいよ。母さんが辛そうだから〟

言われなくても分かっているという言葉は飲み込んだ。

「そうだな。あとで母さんと相談して、本気で入所を考えるよ」

おまえは、母を棄てるのか……。

その自問は、妻に電話することでごまかした。

3

「これは、君がリークしたんじゃないのか」

朝一番で、内閣府先端医療推進室の吉野課長に呼び出された麻井は、挨拶するなり怒鳴りつけられた。

面倒くさいパフォーマンスか。

サンノゼにいる加東再生医療産業政策担当審議官が、暁光新聞のウェブ版の記事を読んで激怒したのだろう。そこで、腰巾着の吉野としては、麻井をデマの発信者と決めつけ、晒《さら》し者にして恫喝《どうかつ》する――。

それで、暁光新聞のスクープを止められなかった罪が減じられるとでも思っているなら、甘いな。

暁光新聞が今朝掲載した「フェニックス7開発を国内守旧派が妨害か。米国メディアの誤報を追認」という記事については既に、複数のメディアから麻井の元に事実確認が来ている。

「吉野課長、勘弁してくださいよお。私たちがあの記事にどれだけ迷惑しているか」

「なんだと！」

「だってそうでしょ。我々としては、アメリカの記者に適当な記事を書かれても、気にもしてなかったんですよ。それが、『暁光』のあの記事のせいで、朝から問い合わせに追われてます。そもそも、『BIO JOURNAL』の記事は、火のないところに煙を立てるガセネタですよ」

吉野はさらなる非難の言葉を探しているのか、目が泳いでいる。

「そんなつまらない濡れ衣を着せるために私をお呼びになったんですか、吉野課長」

「つまらないとは何だ。『暁光』が、内閣府の幹部はフェニックス7開発を快く思ってないとぶち上げたんだぞ。日頃から、審議官を目の敵にしている君の所の誰かが、リークしたに決まっている！」

「だから、それは一〇〇パーセント濡れ衣です。それよりその暁光新聞の記事に対して、内閣府としての対応をお聞かせください」

吉野が立ち上がった。会議室に来いという。

麻井は、成り行きを眺めていた職員に苦笑いを振りまきながら続いた。

「それで、審議官はどのように対応せよとおっしゃっているんですか」

会議室に入ると、吉野は不機嫌そうに腕を組んだきり口を開かない。

「吉野課長、私は内閣府の方針を頂戴したら、一刻も早くオフィスに戻るように理事長に釘をさされています」

「その点については、指示がないんだ」

これは、驚いた。

「では、黙殺ですか」

「私の責任で対処せよとのことだ」

なるほど、それであんたは切羽詰まっている訳か。

「では、吉野課長の方針を聞かせてください」

「分からん」

コイツ、確か東大卒のキャリア採用で厚労省に入省したんじゃないのか。

「それは困ります。ご指示を」

麻井の脳内でサディスティックな血が騒いだ。

「君ならどうする?」

郵 便 は が き

料金受取人払郵便

麹 町 局
承 認

1763

差出有効期間
2022年1月31日
まで

切手はいりません

102-8790

2 0 9

(受取人)
東京都千代田区
九段南 1-6-17

毎日新聞出版

営業本部　営業部行

ふりがな	
お 名 前	
郵便番号	
ご 住 所	
電話番号	(　　　　　)
メールアドレス	

ご購入いただきありがとうございます。

必要事項をご記入のうえ、ご投函ください。皆様からお預かりした個人情報は、小社の今後の出版活動の参考にさせていただきます。それ以外の目的で利用することはありません。

毎日新聞出版　愛読者カード

書の
イトル「　　　　　　　　　　　　　　　　　　」

この本を何でお知りになりましたか。

書店店頭で　　　　2. ネット書店で

広告を見て（新聞／雑誌名　　　　　　　　　　　）

書評を見て（新聞／雑誌名　　　　　　　　　　　）

人にすすめられて　　6. テレビ／ラジオで（　　　　　）

その他（　　　　　　　　　　　　　　　　　　　）

どこでご購入されましたか。

ご感想・ご意見など。

上記のご感想・ご意見を宣伝に使わせてくださいますか？

1. 可　　　　2. 不可　　　　3. 匿名なら可

職業	性別 男　　女	年齢 　　　歳	ご協力、ありがとうございました

「即刻記者会見を開いて、事実無根と明言し、クラーク記者と暁光新聞の香川記者を告訴すると宣言します」

「おいおい、そんな乱暴な対応は出来ないよ」

「なぜですか。黙殺なんてしたら、『暁光』は、政府内の不協和音について、さらに踏み込んだ続報を書きますよ」

「書かせておけば、いいじゃないか」

「本当に？　大臣や総理から、審議官がお叱りを受けるかも知れません。そんなことになったら、あなたにも禍《わざわい》が及びますよ」

吉野の虚勢が崩壊した。

「脅すなよ」

「脅していませんよ。リスクの可能性をお伝えしているだけです」

「大臣や総理が、あんな記事を気にするとは思えないが」

コイツ、感度が悪すぎだな。

「吉野課長、お言葉ですが、フェニックス7は総理の肝いりであり、嶋津大臣イチオシの国家プロジェクトとして注目されているんですよ。その宝物に『暁光』は、いちゃもんを付けたんです。あんなプライドの高いお二人が見すごすなんて、私には想像できません」

焦りがピークに達すると吉野は、貧乏揺すりが出るらしい。

麻井は黙って、課長の次の言葉を待った。

「では、ひとまず、投げ込みのリリースを出して、暁光新聞の記事は事実無根であり大変遺憾であると表明しよう。そして、フェニックス7の研究に政府は全幅の信頼を寄せており、今後もそれは変わらないと言えばいいだろう」

「そんな弱腰でどうするんです。課長もご存知でしょう。あの記事を書いたのは、『暁光』の香川ですよ。彼女をつけ上がらせていいんですか」

「私たちは、『暁光』の記事を遺憾だと言っているんだよ。彼女にとってはダメージだろ」

どうやら吉野と俺との日本語の辞書には、「遺憾」について異なる意味が書かれているようだ。

「遺憾とは、思い通りにいかず心残りなこと、という意味だったと記憶しているのですが。非難や激怒という意味はないはずですが」

「しかし、我々の言いたいことは伝わるでしょう」

麻井は立ち上がった。これ以上は、時間の無駄だった。

「畏まりました。では、内閣府は記事について遺憾に思っている程度でお茶を濁すようだ、と理事長に伝えます」

「待ちたまえ。まだ、そう決めたわけではない」

「では、方針を決められたら、リリースをください」

「そう言わず、相談に乗ってくれ」

追いすがるような目で、吉野は麻井を見上げていた。

「相談と言われましても、私の考えは先程お伝えしました。厳重抗議あるのみです。暁光新聞に対しては、内閣府とＡＭＩＤＩを無期出入り禁止にする。それぐらいの厳しい態度で臨むべきです」

香川が怒り狂う顔が目に浮かぶ。だが、あの女には、時々ムチも必要だった。

「無期出禁ねえ。それは、ちょっと、やりすぎじゃないかな。じゃあ、君が叩き台を書いてくれ。それを私が精査した上で、加東審議官のご判断を仰ぐ。それがベストな対応だ」

厄介ごとを手放したからか、妙に嬉しげな顔をして、吉野が立ち上がった。

4

「一部で騒がれているフェニックス7の重大欠陥というのは、欠陥でもなんでもなく、創薬の過程でごく普通に起きる出来事の一つだと理解してください」

朝早くから取材に訪れていた香川に、篠塚はそう解説した。

サルの実験棟をくまなく歩き回り、サルの状態や、実験場の設備などをカメラに収めながら、香川は納得したように何度も頷いている。

「祝田先生に伺いたいんですが。マウスでは起きないのに、サルで突然副作用が起こった理由は、どのあたりにあると考えられますか」

「マウスで起きなかったのか、まだ断定できません。言えるのは、サルではすぐにそういう反応が起きたというだけです。原因はまだ究明中ですが、おそらくはマウスと比べると複雑で高等なサルの脳内では、即座に過敏反応が生じたのだと思います」

「つまり、まだ、一〇〇パーセント安全の太鼓判は押せないと」

「研究に一〇〇パーセントがないのは、香川さんもご存知かと思います。それでも、問題解決のための追究はやめません。実際、今回は高血圧のサルでは、フェニックス7の細胞再生が過剰に起きると分かったのですから、大きな成果だと考えています」

祝田は、取材に対して消極的だった。第一に、彼女は香川記者を警戒していた。

――自分の仮説に都合の良い証言だけを牽強付会《けんきょうふかい》するやり方が、不快です。

それに、メディアに確定的な情報を出せるほどの検証がまだできていないとも言う。

篠塚は「私がしっかり手綱を握るから安心してくれ」と祝田を説得し、検証の件については、高血圧症との併発で副作用が起きる可能性が高いという情報を流して、騒動を治めたいのだと説明した。

ドライで現実派の祝田は、それで引き下がり、香川に対し丁寧な説明と応対をしてくれている。

「篠塚先生も同じ評価ですか」

香川が矛先をこちらに向けた。

「全く同じですよ。私へのインタビューは、別の場所を用意しているので、そちらでお願いします」

「わかりました。それはそうと祝田先生、今度、理系女子《リケジョ》を集めた飲み会をやるんですけど、ご一緒にいかがです？」

祝田は、さっきより大袈裟に肩をすくめた。

「そういうの苦手なんで、ご辞退致します」

祝田はさらに香川が嫌いになったな。

「いつお邪魔しても、素晴らしい施設だと感動しちゃいます」

動物実験棟を出てガラス・チューブの渡り廊下を移動しながら、香川はしきりにカメラのシャッターを切っている。

「恵まれた環境で研究できることに、いつも感謝していますよ」

「前から伺いたかったんですが、先生と氷川さんは、いつ頃からのおつきあいなんですか」

アルキメデス科学研究所のオーナーである理事長の氷川は、一九八〇年代にＩＴベンチャーを立ち上げ、電子制御分野で世界的な成功を収めた。国際的な社会貢献を惜しまないだけでなく、米国大リーグ、サッカーのイングランドプレミアリーグのクラブチームのオーナーでもある。

そんな派手な大立て者と、地味な再生医療研究者とは、並の人脈では結びつかない。

「以前に話しませんでしたっけ」

「ある日、アポなしで氷川さんが、篠塚先生の研究室にいらして、君たちの研究を応援したい、いくら出せばいい、と言ったという都市伝説は知っています。でも、真相は違うのでは？」

「真相って？」

「氷川さんが、医療や生命科学に興味があったなんて話は聞いたことがありません。もっと別の理由があったのでは？」

こういう遠慮のない言い方が、香川嫌いを増殖させている。

「でも、氷川さんがアポなしで我々の研究室に現れて、研究を支援したいとおっしゃったのは、紛れもない事実ですよ。『BIO JOURNAL』の論文で僕らの研究を知って、興味を持たれたそうだ」

「そんな話を信じたんですか。I&Hホールディングスでは、バイオどころか医療機器すら事業として扱っていません。なのに、再生医療の『BIO JOURNAL』を読んでいるのが、そもそも妙です」

「それが、今日のインタビューのテーマですか」

「いえ、そういうわけじゃないんですけど」

「香川さんは、それに関して何か情報を掴んでいるのかな」

「以前、氷川さんは、不老不死について研究していると発言したことがあるんです。ご存知でしたか」

「いや。それが望みで、我々の研究を支援したんだとしたら、筋違いでしょう」

「そうなんですけどね。でも、若さの維持のためには知性のキープが重要だとも、氷川さんはおっしゃっています。それで、氷川理事長は、不老不死を本気で考えてらっしゃるのではと考えたんです」

5

取材を終えて篠塚は、本館のフリースペースで昼食を摂っていた鋭一や祝田、周に合流した。

「お嬢ちゃんは、機嫌良く帰ったのか」

ざるそばを食べ終えた鋭一が尋ねた。

「機嫌良くではなかったがね」

日替わりランチの手ごねハンバーグにナイフを入れながら、篠塚は返した。

「あれだけ丁寧に応対してもらって、どこが不満だったんですか」

そう愚痴る祝田は、持参した弁当をほぼ平らげている。

「我々には大満足していたさ。機嫌が悪くなったのは、東京のせいだ」

「これですね」

雪が、ノートパソコンの画面を見せた。

内閣府、一部報道に厳重抗議
法的手段も検討か

という見出しがついた暁光新聞の記事だった。内閣府は、記事は事実誤認であり、極めて悪質な憶測だと抗議したのだ。

「そりゃまあ怒るよね」

鋭一が他人事のように言った。

「弱腰の内閣府にしては、珍しく強気ですね。天下の暁光新聞を名誉毀損で訴えると脅すなんて」

祝田の言う通りなのだが、事前に麻井から聞いていた篠塚は何も言えなかった。

「ポーズだろ。総理や大臣の手前、怒ってみせただけだ」

あまり政治に関心がないはずなのに、鋭一は時々鋭いことを言う。

「これって、私たちとっては、プラスですかマイナスですか」

「マイナスに決まってるよ、雪。あんな与太記事、無視すればいいんだ。それを、こんな風に騒ぐと、『暁光』だけじゃなくて、他のメディアも面白おかしく書き始める」

「じゃあ、マスコミが、この研究所にも押しかけてくるんですか」

鋭一の解釈に、周が顔をしかめている。

「大丈夫。ここは要塞だから、外に出なければ、ハエたちに騒がれることもない」

「ところで秋吉教授が生命研を辞めたって噂は本当ですかって、香川ちゃんが心配してたぞ」

「さすが地獄耳だな。で、篠塚所長は香川ちゃんに何て答えたんだ？」

「初耳だと返しておいた。今朝一番で、理事長におまえの希望を伝えたら、アルキメデス科学研究所は、秋吉鋭一主席研究員と周雪研究員を大歓迎すると返ってきたよ」

「今の話、ほんとですか！　篠塚先生、初めて聞きますよ！」

「思いがけない急展開でね。真希ちゃん、これからお世話になります」

「めっちゃ嬉しいです。じゃあ、今夜は歓迎会をやりましょう！」

「気持ちだけで、十分だよ」

「そんなこと言わず、このメンバーだけでもやりましょうよ。最近、私もくさくさしていたし、ちょうどいい。ねえ、雪ちゃん」

祝田の提案に雪が乗った。

「じゃあ、適当に段取って。でも、研究所の外には出ないぞ」

「ウチのバーを使えばいい。今日も、誰も来ないよ」

篠塚がそう言ったと同時にスマートフォンが振動した。麻井からのメールだ。

〝東京が少しばたついているので、本日の訪問は見送ります。明後日にはお邪魔できるかと思うのですが、ご都合はいかがでしょうか。

それから、生命研の秋吉教授が辞表を出されたと聞きましたが？〟

6

出前で遅い昼食を摂りながら、楠木は暁光新聞を読んでいた。

一本の記事が目を引いた。管内にあるアルキメデス科学研究所について書かれており、ここでアルツハイマー病を治す特殊な細胞の研究をしているとある。

「勉ちゃん、アルキメデス科学研究所って知ってるか？」

浅丘巡査部長も昼食中だった。彼は、娘の家族と同居していて、毎日、手作り弁当を食べている。

「いや、ああいう難しげなところは、ちょっとね」

だが、震災復興を謳って建てられた巨大施設として有名で、宮城市内では、全国ニュースに取り上げられる機会がもっとも多い。知事は頻繁に足を運んでいるし、厚労大臣や総理なども立ち寄っている。

そういう時は、所轄の警備課や地域課からも護衛のサポートに課員が駆り出されていた。

「係長、診察でも行くんですか。ボケが気になるとか」

研究所には、認知症をはじめとした高齢者疾患専門の病院が併設されている。

「そういうわけじゃないんだが、ちょっと認知症について知りたいことがあってね」

ついでにお袋の件も尋ねてみようか。

思い立ったら即実行だと決めて、楠木は親子丼の残りをかき込んだ。

「お疲れっす」

朝から、宮城市駅で発生した事件対応に出かけていた松永が戻ってきた。手にファストフードの紙袋を持っている。その匂いが、瞬く間に拡散した。

「おっ、お疲れ。終わったのか」

「一応」

今朝の事件は、通勤ラッシュ中に、二十六歳のＯＬが駅の階段の上から突き飛ばされたというものだ。ただ、本人は背中を押されたというのだが、証言が曖昧で、事件として立件するのは難しそうだった。

松永は被害者に付き添って病院に行き、怪我の状態の写真撮影と事情聴取をしてきたのだ。

「一応というのは、答えじゃないぞ」

「失礼しました。自分の感覚では、単に本人が躓《つまず》いたか、あるいは狂言のような気がします。ガイシャは自意識過剰なうえにノイローゼ気味らしく、ずっと誰かにつけられていると妄想しているんすよ」

「おまえが妄想だと決めつける根拠は、何だ」

「えっと、自分の勘っす」

楠木が怒鳴る前に、浅丘が笑った。

「ヤワラちゃん、いつから勘が冴えるベテラン刑事《デカ》になったんだ」

「いや、浅丘さん、あの女、頭おかしいっすよ。どう考えても、ストーカーされるような女じゃないっすよ。なのに自分は、日本中の男を虜にするほど魅力的なんで、複数のストーカーにつけ回されてるって泣くんすよ。それで、被害届を出したかと尋ねたら、出したと言うんで、生安に問い合わせました。そしたら生安も相手にしていませんでした」

何度注意しても、松永は独りよがりな推理で物事を進めたがる。

「ストーカー被害を訴えたのに警察が相手にせず、結局殺人事件に至るケースがあるのは、知ってるな」

「もちろんっす。でも、あんなデブでブスをストーカーなんてしませんよ」

男の刑事が言ったら、セクハラで即炎上する。

「容貌は、犯罪を判断する際の条件じゃないぞ」

「係長にそう叱られると思って、私なりに頑張ってじっくり聞いたんすよ。でも、言ってることが無茶苦茶で」

「報告書を書け。判断はそれからだ」

わざとらしいため息が聞こえた。

「今のは、何だ」

「失礼しました。報告書、ちゃんと書きます。でも、お昼食べてからでもよいですか」

好きにしろと告げると、松永は早速、大きなハンバーガー二個と山盛りのポテトをコカ・コーラで流し込み始めた。ものの五分で、きれいに平らげると、早速、報告書の作成にかかった。

見ているだけで胸焼けがするので、楠木は滅多に使わないパソコンを立ち上げて、アルキメデス科学研究所のホームページを開いた。

ずいぶんと立派な施設で、見るからに一般人は近寄りがたそうだ。その上、施設概要や具体的な研究内容の大半は、何度読んでも、理解不能だった。

その一方で、付属のエイジレス診療センターには親近感が持てた。

高齢者が煩わされる様々な疾患について、懇切丁寧に対応するポリシーと設備などが分かりやすく紹介されている。

「報告書、できました」

松永が報告書を提出してきた。

事件の概要が簡単に述べられ、「当人の申告を裏付ける証言や証拠が発見できず、事故と事件の両面で捜査中」と締めくくっていた。

「ストーカー被害について、言及がないのはなぜだ」

「それを含めて、捜査中っす」

ふざけたことを。

だが、松永としては大真面目のつもりらしい。

「ちゃんと、それも書け」

「了解っす。あの、係長はお出かけですか」

「だとしたら、何だ」

「どちらへ」

「おまえに告げる義務はないだろ」

「自分、可能な限り係長にへばりついて、捜査のいろはを学びたいと考えています。なので、ご一緒させてください。報告書は、戻ってから書き直しますんで」

怒るのもバカらしくなって、楠木は腰を上げた。

「自分が運転します」

「いや、俺が運転する」

階級からすれば松永がハンドルを握るのが当然なのだが、彼女の運転は乱暴すぎて、助手席に乗っていると、思わず両足を踏ん張ることがしょっちゅうだった。

捜査車輛に乗り込むと、行き先を聞かれた。

「エイジレス診療センターだ」

「それって、あのアルキメデス科学研究所にある病院っすよね。ヤバいなあ」

「なんでだ」

「自分、動物好きなんっす。あそこ、動物がいっぱいいるじゃないっすか」

「おまえは、動物実験に反対でもしているのか」

カーナビに行き先を入力する気もなく話しこもうとする部下に呆れた。

「なんでですか。自分は、あそこにたくさん動物がいるのが嬉しいって話をしたんすけど」

「ヤバいって言ったじゃないか。つまり、まずいってことだろうが」

「いえ、係長。ヤバいってのは、超スゲえってことっす」

楠木はそれ以上の会話を放棄して、車を発進させた。

7

「エイジレス診療センターに、どんなご用があるんすか」

松永は五分以上は黙ってられない女だった。

「おまえが若年性アルツハイマーかもしれないんで、先生に相談に行くんだ」

「自分、そんなにボケてますか」

「自覚ないのか」

「少しはあります。でも、これは頭が悪いんであって、ボケているんじゃありません。冗談はさておき、本当の目的を教えてください」

なぜ、おまえがボケているかもしれないという重大問題を、冗談で片付けるんだ。

「おまえ、昨日、俺とナベが始めた内偵捜査に参加したいと言ったろ」

「確か、ボケ老人の失踪死事件っすよね」

「なんで、そこまで知ってるんだ」

「昨夜、係長が急用でご帰宅されたあと、もう少し一人で呑んでたんす。そしたら偶然、渡辺先輩がいらしたんす。それで自分も参加させてもらえることになったからと言ったら、概要を説明してくださいました」

前方の信号が赤になった。楠木は、腹立たしくてブレーキを強めに踏んだ。

シートベルトのおかげで、額をぶつけることはなかったが、それでも、松永を驚かせることはできた。

「係長、ヤバイっす。安全運転でお願いします」

「おまえの荒っぽい運転よりましだ。それより、俺は、まだ何も許可してないぞ」

昨夜は話の途中で、妻に呼び戻されたのだ。

「係長は、ダメな時は即座にそうおっしゃいます。沈黙はGOという意味では？」

こんなにあっけらかんと自分に都合の良い解釈ばかりできる松永が、心底うらやましい。

「俺の鞄の中に、資料があるから読め」

松永が、楠木のくたびれた革鞄を手にしたところで信号が青に変わった。

「失踪後、遺体で発見された年寄りは、皆認知症を患っていた。ただ、着衣は清潔だったし、死の直前までの健康状態も良好で、胃にも内容物があった。つまり、どういうことだ？」

鞄をごそごそと漁って資料を見つけた松永が、こちらを向いた。

「拉致されても、良い待遇を受けていたんでしょうね」

「ちょっと待て。誰も、拉致だなんて言ってないぞ」

「でも、行方不明になって、暫くしたらホトケになって発見されるわけっすよね。それって拉致られた後、殺されたってことじゃあ」

拉致、殺人——という言葉を、松永は臆面もなく口にする。こいつの誇大妄想は死ぬまで直らないのかもしれんな。

「昨日の俺の話を忘れたのか」

「事件に大きいも小さいもない——、心に響きました。名言だと思います」

こいつに名言と褒められても嬉しくない。

「おまえは辛抱が足りない——。そう言ったろ」

「はい、肝に銘じてます」

「じゃあ、なんですぐに拉致だの殺人だのと勝手に解釈して騒ぐんだ?」

「えっ、違うんすか。どう考えても、年寄りばかりを狙ったシリアルキラーの捜査だと思うんすけど」

今度は、連続殺人犯《シリアルキラー》追及妄想か……。

「そんな妄想は全て棄てろ。昨日、もう一つ大切な事を言ったろ」

「何でしたっけ?」

松永のすっとぼけた横っ面を思いっきり張り飛ばしたくなった。

「おまえは刑事としての形ができてない。だから、基礎をしっかり身につけろと言ったろ」

「あっ、それって柔道にたとえて係長が教えてくれた教訓っすね」

「そうだ。基礎力が身につくまでは、妄想的推理は厳禁だ。今度、妄想を口にしたら、捜査から外す」

「肝に銘じます」

銘じたところで、おまえの肝は朝になると全てを消去しているだろうが。

「エイジレス診療センターに行くのは、アルツハイマー病の専門家に、徘徊老人の特徴を聞くためだ」

「そうなんすか。そんなの、ネットで調べたら」

楠木は、車を路肩に寄せた。

「降りるか」

「いえ、失礼しました。黙って係長のご説明を拝聴したいです。ただし、なんでわざわざそんなことをなさるのかは、教えて戴きたいっす」

「行方が分からなくなった挙げ句、一、二ヶ月すると遺体で見つかる。その理由を知りたい。そこで、まずはアルツハイマー病の患者について、豊富な経験のある専門家から話を聞く。そして、事件の捜査過程で出てくる疑問をぶつけて、アドバイスしてもらうんだ。だから、日本でも有数のアルツハイマー病の研究機関に行くんだ。理解したか」

「一〇〇パーセントオッケーす」

到底、そうは思えないが、楠木は車を発進させた。

「あっ！」

ファイルを読んでいた松永が急に声を上げた。

「このお爺さん、自分、知ってます」

昨日、渡辺が調べてきた八九歳の男性のファイルだった。

「知っているとは？」

「半年前まで勤務していた交番で、何度か保護したんす」

「間違いないか」

「椎《しい》名《な》権《ごん》兵《べ》衛《え》さん、八十九歳。間違いないです。しょっちゅう徘徊しては行方不明になるんで、何度か捜したこともあります」

我が家もそうだが、徘徊癖のある老人を抱えている家族は、交番の世話になることが多い。一度、地域課長に相談して、情報を集めた方が良いかもしれない。

「どんなお爺さんだったんだ」

「気の良いひょうきんな人っすよ。認知症って、いつもボケているわけじゃなくて、まったく正気の時もあるじゃないっすか。正気の時の権兵衛爺さんは、話し好きで。確か、戦後暫くは警官やってたって言ってました。その後、家業の土建屋を継いだんすよ。警官時代の面白エピソードは、抱腹絶倒でサイコーっすよ」

ファイルに挟まれた顔写真を横目で見ると、げっそりと痩せて、松永の言うような雰囲気は感じ取れない。

「その写真は、怖そうに見えるがな」

「初めて徘徊して、お嫁さんにこってり絞られた後に、撮られたからっすよ。この写真が凄く嫌いだって言ってました」

「ボケるとどうなるんだ?」

「結構、手に負えなくなりますね。暴力的だし、下ネタ連発で、お嫁さんを詰《なじ》るんです。こんな淫売《いんばい》と早く別れろと、息子さんに対しても喚《わめ》き散らします」

それは、嫁が可哀想だ。

「嫁さんが辛く当たるのは当然だな」

「そうっすねえ。でも、この人も犠牲に、ああいえ、お亡くなりになったんすかあ」

不意に松永がしんみりした。全てにおいて、子どもの反応だ。

「その権兵衛爺さんだが、発見された場所の記録はあるか」

「えっと、交番には記録があると思います。途中だから、寄りますか」

エイジレス診療センターには、事前に訪問を約束したわけではない。

「そうするか。担当者が誰か分かるか」

「徳岡巡査部長っす。電話入れます」

そうしろという前に、松永はスマートフォンを取り出していた。

8

麻井の来訪がなくなったので、篠塚は所長室に籠もることにした。一人になりたかったのだ。

いよいよ研究が大詰めだというのに、悪いことばかりが続く。

今度こそ治験に進めると確信していたのに、AMIDIに却下されたのがケチのつき始めだ。続いてこの期に及んで、深刻な副作用が起きた。研究所内にライバル社のスパイがいて、フェニックス7に細工をしたのかと勘ぐったほどショックだった。

絶対的自信を持つとミスに繋がると自戒しつつも、強気こそが、行動の原動力であると篠塚は考えている。

子どもの頃から、負けず嫌いだった。相手が根負けするまで、粘り強く闘えた。

小学二年生で始めた硬式テニスも、ひたすら努力で腕を磨いた。中学で、ウィンブルドン・ジュニア選手権を目指す強化選手になれたのも、その努力の賜だった。

全国レベルの大会に進出した時、どうしても勝てないライバル選手がいた。彼は球の力も技術も抜群で、何度対戦しても、歯が立たなかった。

一体、どうすればあんな素晴らしい球が打てるのか。ライバルのテニスは常に華麗で、見る人を魅了した。だから、自分もそんなテニススタイルで、好敵手に打ち勝とうと奮闘したが、才能の差は歴然だった。

壁にぶち当たった時、当時のコーチからアドバイスされた。

「華麗ではなく、勝てるテニスをしろ。おまえの強みは、粘り強さと下半身だ。それを生かせ」

だから、篠塚は下半身を鍛え、拾って拾いまくる〝忍〟のプレイヤーを目指した。試合に勝つために、華麗さは最優先事項ではない。

対戦者よりも一度だけ多くボールを相手コートに打てたら、勝つのだ。

それはどんな球でも良い。そして、そのチャンスが来るまでは絶対に失点しない。

〝忍〟のテニスを身につけると、メンタルにも変化があった。元々、篠塚はミスをすると、そこからすぐに立ち直れない弱さがあった。だが、攻めない代わりに、拾って拾い続けるテニスをものにした時、篠塚は二度とライバルに負けなくなった。

尤も、篠塚のテニスが通用するのは、全日本選手権レベルで、世界で勝ち抜くためには、圧倒的に他者より秀でたウィニングショットが必要だった。

それを、どうやって身につけるか。

それを悩んでいる時に、父との諍いがあり、彼はテニスをやめた。

そして、医学の道を目指すことに専念した。

勉学も研究も、テニス同様にけっして攻めなかった。目標を定めたら、あとはひたすらその達成を目指して地道な努力を続けた。

その姿勢と覚悟が、東大医学部への道を開き、フェニックス7の発明に至った。

シノヨシと言われても、自分は天才肌の鋭一とは別のタイプであることを、強く自覚している。発想力と独創性は鋭一に委ね、篠塚は徹底的に可能性を探り、細かい創意工夫に専念した。それが、シノヨシの強さとなったのだ。

鋭一は、学会や産業界、政府からの支援などにも興味を持たない。そこで、篠塚が資金集めや、両名による『BIO JOURNAL』での論文提出、そして、政府や学会との交渉などを一手に引き受けた。

東大生命研の科研費を、フェニックス7の研究室が独り占めしているというクレームが出た時は、生命研の素晴らしさを産業界に訴え、国内外の企業からの寄付や投資を取り付けるだけでなく、他の研究室への科研費を充実もさせた。

内閣府から注目され、様々な支援を受けるようになると、文部科学省の担当官らは目の敵にして、フェニックス7の研究に対しての同省からの科研費を突然打ち切られたこともあった。

打ち切りを通告した医系技官は、篠塚の大学時代の同期だった。学生時代からソリが合わない相手で、篠塚の成功を妬ましく思っていたらしい。そんな個人的な感情で、科研費を削減するなんて許せないと抗議すると、内閣府まで巻き込んだ騒動になった。

最終的には、生命研の所長が文科省の上層部と交渉し、一部予算を復活してもらって決着した。

こうしたトラブルが続いては、おちおち研究もできない。もっと研究に専念できる環境を得る方法を、篠塚は必死で考えた。そんな模索の最中に、氷川からスカウトの声がかかったのだ。

アルキメ科研に移籍してからは、フェニックス7の研究は、充実した。

東京からの雑音も、氷川が防御してくれて、今では渦中に巻き込まれることもほとんどない。また、麻井の支援も大きく、政府との面倒な折衝も彼に一任できるようになった。

順風満帆――、フェニックス7の治験への道をまっしぐらに突き進んでいたというのに――。

なかなか気持ちの乱れの収拾がつかない。今日は、早退するか。こんな日はクロスカントリーでもして気を紛らわせるのが一番だ。

メールの受信音がして、PC画面を見た。

祝田から〝ご参考に〟というサブジェクトのメールが来ている。

〝お疲れ様です。

すでに、ご存知かも知れませんが、生命科学の専門誌で、こんな記事を見つけました。念のため、送信しておきます。

祝田真希〟

記事は、PDFで添付されていた。

タイトルは、『再生医療が神の領域を冒す日』とある。またぞろ、生命科学の重鎮による再生医療の医学活用に対する拙速批判か……。

筆者を見て、呻いた。

篠塚幹生とある。父の寄稿だった。


〝昨今、再生医療が花盛りだ。

自分自身の細胞を、まったく新たに創造することで、移植よりも安全に臓器などを「新調」できる。あるいは、すでに再生不能となった細胞を「生まれ変わらせる」という代物だ。

長年、生命科学の研究に携わっていると、我々人間の体内は、つくづく神秘に満ちていると驚かされてばかりだ。

ある機能が衰えると、今までずっと眠っていた細胞が目覚め、機能を代替する。あるいは、生理的な制御機能に不具合が起きると、別のシステムが体内で起動し、制御を司ることもできる。

このような生命の神秘を考えると、再生細胞の誕生も、不思議でも何でもない。

ただ、そうした機能が働くには、人体内で取り決められたルールがある。つまり、いくら再生能力を体内に秘めていても、再生機能が働かない領域がある。

それを我々は今まで、摂理と呼んできた。

再生医療の発展は、この摂理を無視して、神の領域に踏み込もうとしている。まるで機械の部品を代えるかのように、あらゆる細胞を再生し、それを人体に移植しようと試みている。

批判を承知で敢えて申し上げる。

それは、神への冒瀆。いや、そもそも人間という生命体に対する冒瀆だ、と。〟

そこまで、読んで不愉快が限界を超えた。

明らかにこれは、息子に対する嫌みだった。

本人が手を出せなかった領域で、息子が成功するのが疎ましいのだ。

かつては、日本の生命科学のカリスマと呼ばれた男が、こんな情けない誹謗中傷を文字にするとは……。

医療用PHS《ピッチ》が振動した。

〝エイジレス看護師長の駒田です、エイジレス診療センターの事務長室にいらしてください〟

「何か、問題でも？」

〝宮城中央署の刑事さんが来ていまして〟

また嫌なことが一つ増えた。

「刑事さん？　いったい何の用です」

動揺しているのを、駒田は気づいただろうか。

〝アルツハイマー病について、教えて欲しいっておっしゃってます〟

「分かりました、すぐ行きます」


事務長室に刑事はいなかった。心配そうにそわそわしている事務長の岡持《おかじ》と対照的に、駒田は落ち着いて座っている。

「刑事は?」

「応接室で総務部長が応対しています」

事務長が刑事らの名刺を手渡してくれた。

二枚の名刺には、宮城県警宮城中央署刑事課第一係長警部補　楠木耕太郎と、巡査部長　松永千佳とある。

「刑事課ということは、殺人とか強盗の捜査を担当する部署ですよね。何か事件でしょうか」

事務長は、センターの職員が何かしでかしたのかも知れないと恐れているようだ。

「でも、用件はアルツハイマー病について知りたいってことでしょう。しかも、私に」

なぜ私を指名してくるのだろうか。聞きたいのは、本当にアルツハイマーのことだけか。

「いや、必ずしも所長でなくても大丈夫みたいです。所長は予定が詰まっているので、別の専門医が応対するとお伝えしたら、それでよいと言ってました」

それを聞いて安堵したら、気が大きくなった。

「折角、いらしたんだ。私がお話しするよ」

「いや、所長、それはおやめになった方が」

言ったのは事務長だが、駒田も同意見のようだ。

「何か問題があるかな？」

「所長ともあろうお方が、軽はずみに所轄の刑事の無理を聞き届けるべきではないと思います」

「じゃあ、どうして私を呼んだんだ。我々は地元に根付く活動を日頃から標榜しているんだろ。だったら、そんな上から目線はやめた方がいいな」

「私が反対するのは、事務長とは違う理由です。そもそも所長は、アルツハイマー病克服のための再生医療の権威でいらっしゃいますが、専門医ではありません。所長にお声掛けしたのは、警察の問い合わせに応じて良いかどうかをご判断いただきたいからです」

駒田の主張の方が説得力があった。

「とにかく我々を頼って来られたんだから、協力しよう。それで誰が応対するんです？」

「前田医長にお願いします」

前田は、まだ三十代半ばの若手の内科医だが、アルツハイマー病の専門医として、実績を積んでいる。

確かに、彼が適任か。

「駒田さんの提案通りでいきましょう。ただ、彼らの意向を知りたいので、五階の特別面談室で対応してください」

そこなら、隣室から面談室の様子を傍聴できる。

9

「なんだか、ＦＢＩの取調室みたいっすねえ」

三分とじっとしていられない松永が、案内された特別面談室の中を歩き回っている。

「この鏡って、絶対、マジックミラーっすよ。やっぱ、ヤバい病院かもしれませんね」

「今のは、どっちのヤバいだ？」

「もちろん、悪い意味っす。大体、アルツハイマー病って何ですかってお尋ねしているのに、医者は出てこないし、面談場所を変えるだなんて、怪しすぎっすよ」

それは楠木も同感だ。所長に会うのは難しいかもしれないとは思ったが、それにしてもやけに勿体《もったい》つけてくる。

大きな鏡が壁に埋め込まれているのは、松永の言う通りかもしれない。

病院がマジックミラー付きの面談室を有していても違法ではないが、そういう場所に、刑事を押し込んだのは気にはなった。

総務部長が、白衣姿の男性と一緒に入室してきた。

「大変、お待たせしました。やはり本日は所長の都合がどうしてもつきません。アルツハイマー病についてのお尋ねであれば、前田医長がお答えできるかと存じます」

大きく後退した額の汗を拭いながら、総務部長が医師を紹介した。

「内科の前田といいます。具体的には、何をお尋ねになりたいんでしょうか」

「実は、最近、宮城市周辺で、お年寄りの行き倒れ死が増えておりまして」

前田は静かに耳を傾け、楠木が概要を話し終えるまで、一言も口を挟まなかった。それなりに興味を持って話は聞いているように見えた。

「痛ましい話ですね」

「そこで、先生に伺いたいのは、徘徊癖のあるアルツハイマー病のお年寄りの行動についてです。一般的には、徘徊した場合、本人と関わりの深い場所で発見されています。しかし、このたびの行き倒れ死で見つかった幾人かは、忽然《こつぜん》と姿を消して、思いがけない場所で遺体が発見されています。しかも失踪して二、三ヶ月は経っているはずなのに栄養状態は悪くない。一体、どこでどう過ごせばこうなるんでしょうか」

途中から腕組みをして考え込むように話を聞いていた前田が口を開いた。

「私も分かりませんとしか言えませんね。ですが、そもそも刑事さんには、認知症の方の徘徊について、誤解があると思います」

「と、おっしゃいますと？」

「認知症になると、若い頃や子どもの頃のことはよく覚えていて、過去と現在を行ったり来たりしてしまう。挙げ句が、昔の想い出の場所に行ってしまう——。そうお考えですよね。確かにそれは、特徴の一つではあります。でも、裏付けとなる科学的根拠は、まだないんです」

そう、なのか。

「アルツハイマー病に罹《かか》ると、脳細胞が死滅して、大脳はヘチマのタワシのようにスカスカになる、という話を聞かれたことはありませんか。つまり、記憶力や判断力、思考力などの能力を司る細胞が消失するんです。ただし、それによって人の生活がどのように変化するかについては、多くの研究者が解明しようとしていますが、実際は、個々人で差が大きいんです」

しかし、楠木の母の主治医は、認知症の行動パターンは同一のように説明していた。

「アルツハイマー病の原因についても、未解明の方が多いんです。それではご家族が不安になるばかりですので、ひとまず、患者さんの家族には一般的な例をお伝えするだけです」

それじゃあ、医学でも何でもないじゃないか。

「なんか、科学的じゃないっすね」

珍しく松永が的確な指摘をした。

「確かに。でも、人間という動物については、まだまだ科学的に解明されていないものがたくさんあるんですよ。人間の感情のメカニズムについても何となく分かっている、という程度に過ぎません。あるいは、理性と一言でいうけれど、果たしてそれがどのように制御されているのかも、まだまだ……」

「しかし、いきなり長期にわたって失踪したのちに、遺体が発見され、しかも健康が良好という理由について、我々は見当もつかなくて。何かアドバイスをいただけたら、ありがたいのですが」

「すぐには、思いつきません。というより、そういう例が増えるとなると、我々としても放置するわけにはまいりません」

「事件性があるかも知れないということですか」

松永のスイッチが入ったが、前田は苦笑いでかわした。

「今まで想定していなかった症例があるのかも知れないので、調査すべきだという意味です。私たちのセンターにも、毎日大勢のお年寄りが来院されますし、アルツハイマー病の方もいらっしゃいます。その中に、ご指摘のような例がなかったかを調べてみなければならないと思っています」

話が嚙《か》み合っていない。

「今回の件は、どうしても専門家の知見が必要です。何とかご協力をお願いします」

「少しお時間をください。何か分かったらご連絡します」

「助かります。ちなみに、そのようなお年寄りをこちらの病院で収容されたことはありますか」

ダメ元で楠木は尋ねた。

「徘徊していた方を、近所の方が見つけて、連れてこられるという例は稀にはあります。しかし、大抵は所持品などをもとに、ご家族か施設に連絡していますので」

その通りだ。楠木の母も、衣類に電話番号と名前を書いてあるし、ＧＰＳ付きの携帯電話を持たせている。

無駄足だったか……。

10

篠塚と事務長は、特別面談室の様子を隣室で傍聴していた。素人の思い込みについて、前田は専門家として適切に答えている。ただし、刑事はそれでは合点がいかないようだ。

「無理矢理に事件をつくっているようですなあ」

話を聞くうちに、事務長は安心したらしい。刑事の目的が、エイジレス診療センターに対する疑惑ではなく、純粋に専門家にアドバイスを求めていると分かったからだろう。

だが篠塚は違った。警察が老人の行き倒れ死に興味を持っている。その事実が、これまでは漠然としていた罪悪感を揺さぶり起こした。

「刑事の妄想というのは、凄まじいもんですな。なんでも、事件にしたがる」

こちらの会話は、面談室には一切聞こえないのをいいことに、事務長は言いたい放題だ。

「でも、心配な事件が存在しているのは事実ですよ。我々もできるだけ、お手伝いしなければ」

「所長、いけませんよ。そんなこと、頼まれていませんから」

「地域に貢献するのは、アルキメデス科研の方針でしょ」

そこで、面談が終わった。

「いずれにしても、先方も納得されているようですし、この件は、これで一件落着です。お手間を取らせました」

事務長はそう言って、部屋を出ていった。篠塚は残って前田の院内PHSを呼び出した。

待ってる間に二人分のコーヒーを淹れた。

「ちょうど、コーヒーを飲みたいところでした。いただきます」

刑事を送り出して戻ってきた前田が嬉しそうに言った。前田は東北大学医学部出身で、センター発足時に篠塚が面接して採用した。高齢者特有の疾病について研究熱心なだけではなく、内科医として日々患者に向き合う姿勢も素晴らしく、患者からも人気が高い。

「さっきの刑事の話を、どう思う？」

「曖昧すぎるので評価しにくいですね。具体的なデータがあるなら、調べてみても面白いとは思いますが、さっきの話だけでは、税金の無駄遣いをしているかな」

「つまり、火のないところに煙を立てていると？」

「刑事課の刑事ですから、どうしても殺人とか傷害とかに結びつけちゃうんですかね。でも、遺体には不審点はなく、みな自然死なんでしょ。高齢者を拉致して殺したとかなら、話は別ですが」

「センターで、自宅が分からなくて保護されるような例は、月にどの程度あるんだ？」

「調べてみないと分かりませんが、せいぜい数例だと思いますよ。それに、すぐに家族なり施設なりに連絡して引き取ってもらっています。なので、そんな事件があることさえ知りませんでした」

　美味そうにコーヒーを啜っている前田と目が合った。

「所長は、何か気になるんですか？」

「いや。地域に貢献するアルキメデス科研としては、放置するのもどうかと思ってね」

「さすがですね。私なんて、刑事の妄想としか思えませんが」

「しかし、一応は、県内で似たような事例があるかどうか当たってみてくれないか。忙しい君に、また、いらぬ雑用を押しつけて申し訳ないが」

「いえ。それは構いません。私も、若干の興味はあるので。それより、フェニックス7でメディアが騒いでいる最中でも、地域への貢献に気を配ろうとされる所長の姿勢に感動しました。私には到底無理です」

11

内閣府での所用を終えた麻井を、嶋津大臣秘書の大鹿が呼び止め、空室と表示されている会議室に彼を連れ込んだ。

「いったい、何事です」

「現在、アルキメデス科研の氷川理事長が、米国企業と共同でバイオ・ベンチャーを立ち上げる話が進んでいます」

情報通を自任している麻井ですら、初めて聞く話だった。

「米国企業？　相手はどこですか？」

「ＡＢＣだと聞いてます」

「まさか。ＡＢＣと言えば、アルキメ科研のライバルですよ」

「だからこそ、共同でベンチャーを立ち上げて、双方の成果を持ち寄るのが得策なんだそうです。どうも事実のようで、氷川理事長は、アルキメ科研の売却すら考えているとか。私たち役人には、えげつない企業家の生理が理解できません」

　そんなことは、あってはならない。

「氷川さんは、カネに困っているんですか」

「というより、日本でフェニックス7の治験が進められないことに焦《じ》れているんですよ」

　バカな。

「実はまもなく三田大学学長を退任される板垣参与が、その新会社の会長に就く。そして、研究成果は日米共同の保有とするべく、アメリカのしかるべき筋と交渉するようです」

　米国のバイオマフィアと呼ばれている米国先端医療の政財界のサークルに、板垣が名を連ねているという噂は聞いたことがある。

　だが実用化すれば、数十兆円単位の利益をもたらすと考えられているフェニックス7という果実を、米国が本気で折半するのかは、大いに疑問が残る。米国相手に共同などという幻想はない。

「それは政府もご存知なんですか」

「まったく。寝耳に水で」

「日米共同開発という美名のもとに話が進み、最後の最後に大統領がしゃしゃり出て、フェニックス7はアメリカのものだと言って奪われてしまうリスクを、板垣さんはご承知なんだろうか」

「どうでしょう。総理は、板垣さんの独断専行についてご不満の様子です」

麻井も同感だ。

これまでも、アメリカの横暴を散々目撃してきた。あの国は、自分たちさえ生き残れるならば、他国の犠牲なんて何とも思わない。

そもそも、日本に対しては対等のパートナーだなんて思ってもいないだろう。つまり、シノヨシの努力も、俺の頑張りも無駄になる。

フェニックス7だけは、アメリカに関与されたくない。

「この一件について、私は動きにくい。そこで麻井さんに現状を探って欲しいんです。何よりも、板垣さんの本心が知りたい」

望むところだ。

「板垣さんは、今、どちらに?」

「今朝からずっと連絡を取ろうとしているのですが、さっぱり捕まらなくて」

話を終えて廊下に出たところで、麻井は意外な人物と鉢合わせした。

アルキメデス科研の理事長、氷川一機だった。

12

「ご苦労様です！」

　楠木とさして年齢の変わらない徳岡巡査部長が、背中を反り返らせて敬礼した。この年で、交番勤務はキツいだろう。

「ご苦労様です。いらぬ仕事を作ってしまって申し訳ないね」

「とんでもありません。私の管轄内での出来事について、係長のお尋ねに応えるのが、本官の職務でありますから」

「それで、椎名権兵衛さんの件なんですが」

「はい、準備しております」

　徳岡は、デスクチェアに楠木を座らせると自身は脇に立って、ファイルを開いた。椎名権兵衛の保護事案についての記録が几帳面な小さな文字で綴られていた。

　権兵衛は、長男夫婦と同居していた。

　戦後、何年かは警察官を務めていたが、やがて家業を継いだ。しかし、後継者が見つけられず、十年前に廃業し、七年前に妻を亡くしてからは、宮城市内の長男一家と同居していた。

社交的で世話好きな性格もあって、ご近所づきあいも充実して、小学生の登下校時の交通指導員や、地元老人会のリーダーとしても活躍した。

そんな権兵衛の徘徊が始まったのが、約一年前だと、長男の妻が証言している。

「きっかけは、ゲートボール大会での怪我です。暫く自宅療養してたんですが、その頃から、ボケ始めて、やがて徘徊するようになりました」

当初は自宅周辺を何時間もうろついたり、既に故人となった友人宅を訪ねたりという程度だった。

ところが、半年前から、デイサービスセンターを抜け出して、仙台市のショッピングセンターの屋上で発見されたり、二〇キロも離れた砂浜で保護されたこともあった。

「私も、権兵衛さんには、大変お世話になりました。へぼ将棋の相手をしてもらったり、地元住民の争いごとの仲裁や、素行に問題のある中学生の面倒を見てもらったこともあります。それだけに、ご自身でも気づかない間に、遠くまで行ってしまい、自宅に戻れないというような状態を見るのは辛《つろ》うございました」

「最後に保護したのは、二ヶ月前ですか」

「はい。激しい雨の夜で、ご家族も本当に心配されていました。所轄の外勤にも捜索の応援要請を致しまして、通報が入って五時間後に、一宮中学校の校庭で見つけました。保護した時は高熱を発しており、ただちに病院に搬送しました。医師の話では、あと一時間発見が遅れたら、肺炎で亡くなっていたとのことです」

まるで、我が母の将来を聞いているようで、楠木は胸が痛んだ。

「権兵衛さんにGPS機能付き携帯電話を持たせるとか、家族は工夫しなかったんですか」

「随分前から、GPS機能付きの携帯電話は持たせておられたようです。ただ、徘徊する時には大抵、持って出るのをお忘れになるそうで。それで、今度は、GPS機能のある靴を履かせたり、ご本人が愛用されているのは古びたショルダーバッグに、GPSの発信器を縫い込んだそうです」

「なのに、またもや失踪して遂に帰らぬ人になってしまったと」

「残念です」

徳岡は、まるで自らの失態によって権兵衛を死なせたかのように項垂《うなだ》れている。

「報告書には、雨の日に行方が分からなくなったと届けが来て、ウチの外勤も駆り出して捜索とあるね。秘密兵器のGPSについては、二時間後に自宅から二キロ離れた用水路から見つかっている」

「その通りです。朝になって、地元の方にもご協力戴いて、用水路を中心に捜しましたが、発見に至りませんでした」

その後、一ヶ月余り行方が分からなくなり、二週間前に市内の林の中で遺体で発見された。

死後、数日経っていたために、死亡直後の状態は不明だったが、行政解剖した医師の死亡検案書には、事件性を匂わせる項目はなかった。

「権兵衛さんが発見された宮城市刀禰《とね》の林ですが、ここは、権兵衛さんにとって何か縁《ゆかり》がある場所だったのかな」

「特には。あの、係長、もしかして権兵衛さんは殺されたとお考えなのでしょうか」

徳岡は思いつめたように尋ねた。

「いや、そういうわけではない。最近管内で徘徊しているお年寄りの行き倒れ死が増えているんだよ。それで、気になることがあってね」

「と、おっしゃいますと」

「徳さん、それは事件の機密事項ですから、ちょっと」

珍しく沈黙を守っていた松永が、嬉しそうに持って回った言い方をした。徳岡は「失礼致しました！」と詫び、直立不動で恐縮している。

「いや、そんな大層なもんじゃないんだよ。実はね、行き倒れ死のお年寄りの多くは、やけに健康状態がいいし、衣類も清潔だったんだ」

「なるほど。確かに、奇妙です。そういえば、権兵衛さんがご遺体で発見された時、ご遺族は着衣に覚えがないとおっしゃっていました」

「どんな着衣で発見されたんだ」

「スポーツウエアの上下を着ていたと。しかし、権兵衛さんは洒落者で、外出するのにジャージ姿なんかで出歩かないし、徘徊するようになってからも変わらず、ちゃんとお着替えになって出かけたと言うんです」

「その時の写真は？」

「ございません。発見場所は、本官の管轄外でしたので」

だったら発見現場に駆けつけた署員が、撮影しているかもしれない。

「貴重な情報をありがとう。もし、今後新たに行方不明のお年寄りが出たら、遠慮なく私に連絡してくれないか」

楠木は名刺の裏に携帯電話の番号を記すと、徳岡に渡した。

13

大手町のＡＭＩＤＩのオフィスに戻ると、幸運にも理事長の丸岡が在室していた。しかも、来客の予定もない。麻井は最重要の用件だと秘書に告げて、十分間の面会許可を得た。

デスクの上に大量に積み上げられた文書の山に埋もれるように丸岡がいた。

「なんだ、またもや問題勃発か」

普段から明るい性格の丸岡の空元気も、今日は辛そうに見える。

そんな丸岡の疲労を助長するのは申し分けないと思いつつ、麻井はフェニックス7に関するバッドニュースを告げた。

「日米協同開発だと？　板垣さんは一体何を考えてるんだ。あの方にはそろそろ退場してもらわんといかん」

そんなことが、できるのだろうか。

総理すら思い通りに操る、フィクサーなのだ。丸岡は医療製薬業界の大物であるが、板垣ほど政治家との関係が深くはない。

「ちょうど、私が大臣室を辞する時に、アルキメ科研の氷川理事長とすれ違いました」

「板垣に、嶋津に、氷川か……。ますます厄介だねえ」

「私は氷川氏をよく知らないのですが、厄介な人物なんですか」

「地獄の沙汰もカネ次第、というのを、地で行く奴だよ。政治家から官僚、学者まで、あらゆるものを彼はカネで手なずけている。アルキメデス科研が優秀なのは否定しないが、あの設備も、シノヨシなどという日本の再生医療の二枚看板を取り込んでいるのも、全てカネだろ」

しかし、カネがなければ、日本は欧米との競争に負ける。そして、欧米の再生医療産業を牽引しているのも、資金力を潤沢に持つ投資家たちだ。

「あの男は不気味なんだ。たとえば、欧米のメディカル企業に投資する奴らは、ちゃんと投資効果を計算しているだろ。だが、氷川の投資には、経済的合理性とは異なるオカルティックな要素がある」

　オカルト的というのは、印象としては分かる。

　氷川の人生信条は「不可能を可能にするために生きる」らしい。

　そして、彼は常に一般人が想像しないような発想で新しい事業を興し、国内外で成功を収めている。

　以前、読んだインタビュー記事で、「経済的合理性だの投資効果だのを声高に叫ぶ者に、成功者はいない。もっと直感的なディシジョン・マインドと、揺るぎない実現力が、最後の決め手になる」と明言している。

「フェニックス7の製品化に関して、氷川がカネに糸目をつけないのは事実だし、我々としても、大変心強い。だが、彼はフェニックス7が製品化する過程にこだわりがないのではないかと、前から懸念していたんだ。それが、今日、はっきりと分かったわけだ」

　だが、それを止める方法はない。

「一度、シノヨシの二人とじっくり話をする必要があるね。彼らが無理を強いられていないか。そして、秘密はないのか。可能なら、氷川のオーダーは何なのかも知りたいね」

「畏まりました。さっそく宮城市に行って参ります」

14

自然と足が、〝第2VIP棟〟に向いていた。

スーツの上に白衣を着ているだけなので、痺れるほど寒さが厳しいが、気にもならなかった。

また周囲は、雪が積もった樹木が日光に輝いているのだが、その風景を楽しむ余裕もない。

まさか前触れもなく警察が篠塚を訪ねてくるとは、夢にも思わなかった。

徘徊老人の失踪と遺体について疑問を持っている——。

なぜだ。なぜ、露見した。

傍聴室のマジックミラー越しに見た限り、二人の刑事は、優秀そうには見えなかった。

しょぼくれた疲れが目立つロートルと、体格の良い若手の女性刑事。

——このたびの行き倒れ死で見つかった幾人かは、忽然と姿を消して、思いがけない場所で遺体が発見されています。しかも失踪して二、三ヶ月は経っているはずなのに栄養状態は悪くない。一体、どこでどう過ごせばこうなるんでしょうか。

そうだ、刑事の疑問が、篠塚には不吉なのだ。

それは、一般的な行き倒れ死の老人とは、明らかに異なる特徴なのだろう。

あのしょぼくれた刑事を甘く見ない方がいい。

まるで、『刑事コロンボ』だな。

母が、外国の刑事ドラマが好きで、よく見ていたドラマの主人公だ。

犯人は、自らが疑われないように巧妙な隠蔽工作をする。そこにいつもひょっこり殺人課の刑事コロンボが現れる。一見、ぼんくらで、頭が悪そうに見えるのだが、徐々に彼の術中にはまり犯人は追い詰められ、事件が解明されていくというドラマだった。

子ども心に、あんな刑事の企みにはまるなんて、馬鹿な犯人だな、と何度か思った。

その馬鹿な犯人に、俺はなろうとしているのか。

そんな訳にはいかない。そもそも、これは治験なのだ。ただ、アルツハイマー病で苦しむ年寄りに、福音をもたらそうとしているだけだ。

エイジレス診療センターとの境界に着いた。目の前には、高い鋼鉄製のフェンスが張り巡らされている。アルキメデス科研の情報漏洩を防ぐための予防策だ。

従って、アルキメデス科研に抜ける鋼鉄製の扉も、ごく限られた者だけしか、解錠できない。篠塚がＩＤカードをセンサーに近づけ、暗証番号をキーパッドに打ち込むと、解錠音がした。

扉を抜けてアルキメデス科研側に入る。そこから先は、ほとんど人が歩いた跡がないため、新雪を踏みしめるように進むことになる。

このことを、大友に相談すべきか。

祝田のがんばりで、暴走の原因が判明した。その検証を迅速に済ませて、次のステップに進む準備をしたい。

篠塚としては、研究を一秒たりとも中断したくない。

〝ピア〟と呼ばれる特別研究室は、表向きは第2VIP棟と呼ばれている。

篠塚は、IDカードのチェックと暗証番号を打ち込んだ。

室内に入ると、心地良い暖気が頬を撫でる。

ホッとして体がリラックスしていくのを感じた。

無意識に寒さのせいで体に力が入っていたようだ。

「あっ、先生、どうされました?」

〝ピア〟専属の看護師が目ざとく篠塚を認めて、近づいてきた。

「お疲れ様。ちょっと、皆さんの顔を見たくてね」

「そうですか。ほとんどの方は、談話室にいらっしゃいます」

「異常はない?」

「ええ。高血圧の方には、降圧剤をお出ししましたから、安定しています」

良かった。談話室の方に進むと、複数の人の笑い声が聞こえてきた。

彼らに気づかれないように、そっと戸口で眺める。

誰もが笑顔で生き生きとしていた。高齢者がはつらつと動き、談笑を楽しんでいた。

紛れもなくここには、高齢者のユートピアがあった。

15

宮城中央署の刑事の訪問後、篠塚の心配するような動きは何も起きなかった。

その日、篠塚は珍しく、エイジレス診療センターを回診した。

センターには、高齢者の認知症予防施設が併設されており、碁や将棋などの頭脳ゲームが楽しめるコーナーや、指先のトレーニングに効果的なプラモデル工作室、手芸室などもある。

高齢者が幼児とふれあうと、生に対して前向きになると言われているが、それを科学的に検証する保育園「竹取園」や、自然との共生が精神にどのような効果をもたらすかを研究する「極相の森」などという大がかりな施設まで揃っている。

一番の目玉は、子どもや社会人相手に授業を行う「極意塾」だ。認知症の兆候がある高齢者を講師にして、高度な数学や哲学から、イラストや刺繍《ししゅう》のコツなど彼らが現役時代に身につけた技術や知恵を学ぶという無料の私塾で、評判がとても良い。

初期の認知症の高齢者に講師を務めさせるのは、アルキメデス科研が開発した治療法だ。科学的な治療に加え、人に教えるという脳に対する能動的な刺激によって、重度の認知症に陥るリスクを軽減できると考えている。

「極意塾」は、文科省、厚労省、総務省の補助金を受けており、宮城県生涯学習推進事業に指定されている。

今日も、大半の教室が〝授業〟で埋まっていた。廊下から、その様子を眺めていた篠塚は、白衣の男性が熱弁を振るう教室に入った。

「いいかね君、私が一番指摘したいのは、リーマンゼータ関数が、1を除くすべての複素数で定義されるという前提なんだ」

老人の名は、諸積惣一朗《もろづみそういちろう》。東京大学理学部の元教授だが、二十数年前から隠居生活をしている。八十七歳とは思えぬ明晰な頭脳で、ミレニアム懸賞問題の一つであるリーマン予想の解明の一歩手前まで来ている。

諸積は暇さえあれば個室に閉じこもって数式と格闘しているが、週に二度、教室で講義を受け持っていた。ただ、あまりにも授業のレベルが高すぎるため、受講生はわずか四人で、しかも諸積のかつての弟子ばかりだ。そこに、鋭一も加わっていた。

「先生、その前提って僕も以前考えたことあるんですけど、二三四桁目からおかしくなるんですよ。だから、ダメでしょ」

「ダメだと決めつけるんじゃない。二三四桁目問題も既に解決済みなんだ」

授業が白熱する中、篠塚は授業に立ち会っている担当研究員に目くばせして、廊下に誘い出した。

「相変わらず絶好調だな、博士は」

「驚異的と言えるんじゃないですかね。ここで過ごすようになってからは、朝起きる度に新しいアイデアが浮かぶそうで、それを午後には、数式化しているんです。あれは、もはや天才なんてなまやさしいレベルじゃない。日々進化しています」

「諸積博士の健康記録データをみせてくれないか」

データを表示するタブレットが手渡された。

「血圧が高いな。血圧降下剤はちゃんと服用しているんだよな」

「そのはずです」

「はず、とは?」

「毎朝目覚めると、個室に直行して凄まじい勢いで数式を書き出すんです。そんなわけで、朝食を運び込んで、召し上がってもらうのが精一杯です。薬の服用もうるさいくらいに注意していますし、食事と一緒にトレイに置いた薬はなくなっていますから、飲んでいるはずです」

その時、教室内でうめき声が聞こえた。

慌てて中に入ると、諸積が床に倒れてくの字になってもだえている。

「博士、どうしました?」

篠塚は、床を転げ回って苦痛を訴える諸積に駆け寄った。

「頭が、爆発しそうだ。痛くてたまらない」

ストレッチャー！　と篠塚が叫ぶ前に、鋭一が教室を飛び出してそれを持って来た。呆然と立ち尽くす研究員を怒鳴りつけて、三人がかりで諸積をストレッチャーに乗せた。

「頭が割れそうだ。爆発……」と言ったところで、諸積は意識を失った。

「幹、これは何だ？」

鋭一の叫びより視線の鋭さが辛かった。だが、説明している余裕はない。

館内ＰＨＳで、脳神経外科部長を呼び出した。

「急患だ。頭が爆発しそうなくらい痛いと叫んで、意識を失った」

「患者の名前を教えてください」

名を告げた。

「過去歴はないですね」

「ないが、ＶＩＰ棟の患者《クランケ》だ」

「分かりました。では、まずＭＲＩを撮ります」

「いや、そんな余裕はない。すぐ、オペだ！」

ストレッチャーがエレベーターに乗った。

ドアが閉まる直前に乗り込んだ看護師が、諸積の両目にペンライトを当ててチェックしている。

「反応が、ほとんどありません」

ストレッチャーが手術室の手前まで辿り着いた時だ。諸積の両目がカッと開いた。目が血走っている。

「博士、諸積博士！　聞こえますか！　篠塚です、博士！」

だが、声に反応する様子はない。やがて、体をエビ反りにしたかと思うと、最後にうめき声を漏らして、脱力した。

「諸積さん、諸積さん！　聞こえますか」

看護師が叫ぶ中、篠塚は諸積の脈を探した。

無反応。

のど元に指を当てたが、こちらも同じだ。

「心肺停止！　蘇生！」

篠塚が心臓をマッサージしている。

「所長、代わります」

脳神経外科医が現れて、手ぎわよく諸積の衣類を剥いだ。

「諸積さんは、ＰＫか」

諸積のそばから離れて壁際に寄りかかる篠塚に、鋭一が押し殺した声で聞いてきた。

ＰＫ――すなわちフェニックス7を移植したクランケだ。

「暴走が起きたのか？」

「そんなことは、分からない。しかし、今朝測った血圧は二〇〇の一六〇だった」

鋭一は、それ以上何も言わなかった。

光に照らされた手術台が、はるか彼方にあるように思えた。

心臓マッサージを続けながら、外科医が「電気的除細動《カウンターショック》！」と叫んだ。

いよいよダメか……。

カウンターショックの電圧を上げるものの、諸積は反応しなかった。

「所長！　これ以上は、無理かと」

「ありがとう。遺体は、解剖します」

医師は声こそ発しなかったが、マスクの上方から覗く目が驚いている。

「クランケから、献体の許可を戴いている」

「なるほど、分かりました。では、そのように」

若い研修医に指示をして、外科医は手術室を出て行った。

「解剖は、僕も立ち会う」

鋭一が断言した。

篠塚は、諸積の死に顔を凝視しながら半年前、彼から相談を受けた時のことを思い出していた。

16

半年前——

五月だというのに真夏のように暑い日に、篠塚は那須塩原の諸積宅を訪ねた。

仙台宮城インターチェンジから東北自動車道に乗り、那須インターチェンジで降りた。避暑には早すぎるせいか、人の気配がほとんどない。諸積の別荘に到着したのは、午後二時過ぎだった。

八十七歳の諸積が、日本の学術界においてどのような存在であるのかは、畑違いの篠塚でも知っていた。

日本の数学者の最高峰であり、リーマン予想の解明を成し遂げる最右翼と呼ばれていた。

そんな諸積の願いは永遠の頭脳だった。

フェニックス7を投与して欲しい——。

氷川を介して諸積の希望が伝えられた時、篠塚は言下に拒否した。

既に国家プロジェクトとして、フェニックス7のガイドラインが作成され、実用化に向けた実験は着実に進んでいる。そんな時に、イレギュラーな実験をすれば、全てが水泡に帰す。

だが、氷川は表情も変えずに、「とにかく会ってください。日本一の天才があなたを頼りにしているんだ」と繰り返すばかりだった。


インターフォンを鳴らしてもすぐに応答はない。何度か鳴らしたが、同じだった。

場所を間違えたのかと地図を確認したが、間違いなかった。

その時、庭の方で物音がして、刈り込み鋏《ばさみ》を手にした老人が姿を現した。

「篠塚さんか」

麦わら帽子にシャツとステテコという格好はしていたが、まぎれもなく数学の巨人だった。

「失礼しました。篠塚でございます」

「おお、もうこんな時間だったか。君が来るまでに、少しは庭を片しておこうと思ってね。ついい夢中になってしまった。さあ、入ってくれ」

大きな鋏を手にしながら、諸積は玄関を開けた。

「普段は家政婦がいるんだが、今日の話は誰にも聞かせたくなかったんでね。街まで買い物に行かせた」

諸積は篠塚を応接室に案内すると、「シャワーを浴びてくるので、ここで暫く待っていてくれたまえ」と告げて、部屋を出ていった。

三〇畳ぐらいはありそうな応接室も、掃除が行き届いていた。インテリアや応接セット類も古びていたが、磨き上げられている。

　自由に飲んでくれと言われていたので、ポットの紅茶をカップに注いだ。それを手にして壁に飾られた大量の写真を眺めた。

　ほとんどは諸積が教え子たちと一緒に撮ったらしいスナップ写真だが、研究者らしき外国人と握手しているものもある。また、ハンティングの成果を誇らしげに見せる諸積とハンター仲間の記念写真もある。

　諸積のような数学の天才になると、ハンティングをする時も、数学的な計算をして獲物を捕捉し射撃するんだろうか。

　バカげたことを考えていたら、諸積が戻ってきた。

「いやあ。お待たせしてしまった。そして、私の無茶なお願いを聞き届けてくれたことを感謝します。ありがとう」

　もっと頑迷な老人かと想像していたのに、素直に礼を言われて驚いた。

「恐縮です。数学の巨人である諸積先生にお目にかかれるならば、飛んで参ります」

「学者には似合わず、お追従が上手いな。趣味は？」

「いえ。無趣味な無粋者です」

「研究一筋の学術バカか。でもな、息抜きできる遊びを覚えんと、良い研究なんぞできんよ」

　言いたい放題だが、口調からすると悪気はないらしい。

「知っての通り、私もいつの間にか八十二歳だ。体力が心許なくなったが、何より最近ボケが酷くてね」

とても、そんな風には見えない。歩行もしっかりしているし、篠塚に向ける眼差しにも力がある。

「実は夜、徘徊しているようなんだ。朝には正気を取り戻すんだが、手足が汚れていたりと、身に覚えのないことが多くなった。ある朝など気づいたら、林の中だった」

「徘徊されている時のご記憶は？」

「まったくない。そのうえ、頭が混乱して、何をすればいいのか、わからなくなるんだ。これは、ボケが進行してると考えるべきだろ」

一方的に話した上で、諸積はテーブルにあったノートパソコンを開いて、画面を篠塚の方に向けた。

「脳のＭＲＩだ。大脳で細胞の死滅があるだろう」

確かに、脳細胞の欠落が顕在されていて、細胞が死滅しているようにも見える。

「このＭＲＩは、どちらで？」

「東大病院だ。担当医は、アルツハイマーが始まっているかどうか、何とも言えないそうだ。だが私には分かるんだよ。日々、我が脳内でアルツハイマーが進行しているのが」

大脳細胞が欠落しても痛みはない。無論、「分かる」という自覚もない。

しかし、諸積の言葉には、妙に説得力があった。

「そこで、氷川君に無理を言って、君に来てもらった。日本の再生医療が、再生医療等安全性確保法によって縛られているのは、知っている。しかも、フェニックス7はまだ、人の治験のフェーズに至っておらず、患者への移植は最低でも十年先なこともね」

「我々の不徳の致すところで」

「いや、別に君に抗議しているんじゃない。私がそんなに待てないだけだ。全責任は私が負うし、私に移植したことは一切口外しない。そして、死後は全財産を君らの研究に寄附しよう。だから、私にフェニックス7を移植して欲しい」

似たような要請が、毎日のようにアルキメデス科学研究所に寄せられる。希望者は、国内に留《とど》まらない。著名な芸術家や作家、さらには大富豪として知られる人物までいる。そして、その何百倍にも及ぶ名もなき市民からも、「どうか、この体を実験台にしてください」「先生の努力に少しでも貢献したい」などという移植希望者が後を絶たず、既に一〇〇人を超えている。

その全てに対して、科研は丁重なお断り状を返している。

「現状では、まだフェニックス7は、人に移植できるレベルに達していません」

「サルでの実験は大成功の連続だと聞いているぞ。ならば、そろそろ人間で試してみるべきだ。あと、一年。いや半年あれば、宿願のリーマン予想が解けるんだ。なのに、私のポンコツ脳は、敵前逃亡をしようとしている。そんなことは許せないんだ。これは、私の身勝手な欲望じゃない。数学界にとって為さねばならない絶対的選択なんだ。この通りだ」

諸積は両膝に手を突いて頭を下げた。

「諸積博士、お気持ちは分かります。私だって、認知症で苦しむ患者やその家族を救いたいという一心で、フェニックス7の研究に取り組んでおります。しかし、だからこそ、段階が重要なんです。大変、心苦しいのですが、お断り致します」

「君はなぜ、医者になったんだね」

思いも寄らない問いが飛んできた。

「高校の成績が良かったので、先生に強く勧められて医学部を受けたんです。気がついたら、医者になっていました」

「篠塚幹生への反逆では、ないのかな」

個人的領域にいきなり踏み込まれて不愉快だった。目の前の老人は、そういう篠塚のリアクションに満足らしい。

「私が、なぜ父に反逆しなければならないんです」

「生命科学の泰斗であるお父上は、再生医療に大いに貢献している。だが、彼は再生細胞の人体への移植に強く反対している。そういう旧弊な父上の態度が君は許せないんだろう」

「父子関係ごときで、自分の将来を決めたりはしません」

「だとすれば、君の大好きなお祖母《ばあ》様のせいかな。アルツハイマーになってご苦労されたそうじゃないか」

なるほど、数学バカだと思っていたが、俺のプロフィールを調査するくらいは世知に長けているわけだ。

「医者は人の命を救うのが仕事だ。だが、誰も、本当の意味で命を救っているわけではない。ただ、延命しているだけだ。そんな医者は許せない。さらには、君の父上のような優秀な生命科学者が、自らの研究成果を人体に活用すれば、もっと多くの命が救えるのに、それをきれい事で逃げるのも許せない」

「父のことは関係ありません。フェニックス7の研究は、私の個人的な経歴とは無縁です」

「私は、知恵の輪が嫌いだった。私よりも勉強ができない奴の方が私より上手に解いたからだ。以来、私は、解けない問いが許せなかった。その強い衝動が、今の私を作った。君も同じだ」

父と諸積はよく似ていると感じた。彼らが真理だと信じている事柄について、他者が理解できなかったり、実現できないことを絶対に認めないのだ。

篠塚は、それに気づいて苦笑いした。

「図星だろう。なあ、篠塚教授《せんせい》、一刻も早く君のお祖母様のような不幸を止めるんだ。そのために手段を選んではいけない。だから、私にフェニックス7を移植してくれ。秘密は守る」

先ほどまでの居丈高な態度が影を潜め、諸積が乞うている。

諸積にフェニックス7を移植できたら、その成果は計り知れない。アルツハイマー病に罹患した「数学界の巨人」を、フェニックス7によって完治させることができたら。

己の欲望が打算に傾斜していく……。

「ありがたいお言葉です。しかし、フェニックス7には、問題が多いんです。場合によっては、命を落とす危険もあります」

「脳が死んでいるなら、生きていても意味がない。リスクは承知だ。だが、君も私もそれでも前に進まねばならないんだ」

第三章　亀裂

1

ダウンジャケットを着込んでも震えが止まらないほど冷え込む日の午前一時、篠塚と鋭一、そして大友の三人が、遺体の前に集合した。

前日の午後、急死した諸積惣一朗の解剖を行うためだ。

死亡診断書は既にできており、夕刻、宮城市役所に死亡届も提出している。死因は急性心不全だ。署名は篠塚自身が行った。

したがって、これから始める解剖の目的は別にあった。

「では、始めようか」

篠塚は、解剖室に響き渡った自らの声に戦《おのの》いた。

ダメだ、思った以上に緊張している。

三人の中で一番落ち着いている大友が、開頭作業に取りかかった。手際良く頭蓋骨の頭頂部が外された。

脳出血が起きていた。だが、それ以上に目を引いたのは、肥大化した脳だった。

「大友さん、頭蓋骨にヒビが入っていませんか」

鋭一が問うと、大友は頭頂部を裏返して、拡大鏡でのぞき込んでいる。

「数ヶ所、亀裂の痕があります」

内側から膨張圧力がかかり、骨が耐えきれず亀裂したと思われる。

「頭蓋骨は、詳細に撮影して記録しましょう」

「いや、幹、これは保存だな」

鋭一の言う通りだった。

諸積がフェニックス7を利用するに当たって結んだ契約書で、死後は、アルキメデス科学研究所に献体するとある。したがって、亀裂の入った頭蓋骨を保存するのは問題はないのだが、なんとなく気が引けたのだ。

「それにしても、こんな状態になっていたとは」

フェニックス7が移植された脳細胞を初めて見る鋭一が、青冷めている。

脳細胞は、タンパク質がモザイク状に密集して形作られている。だが、諸積の頭蓋内は、脳が噴き出したようにはみ出しており、まるで育ちすぎたカリフラワーだ。

「これはP7投与で死んだサルの脳の状態だ」

鋭一が数枚の写真を見せた。

「そっくりだな。つまり、高血圧の患者にＰ７を投与すると、サルと同様に、人間の脳細胞もこんな風に増殖して爆発するっていうことか」

爆発という言葉に違和感はあるが、細胞が再生し続けた挙げ句に脳が頭蓋に収まりきらず、やがて頭蓋骨に亀裂を入れる——のは、間違いない。高血圧症の患者にフェニックス７を移植すると、暴走が起きるという祝田の分析は正しかったのだ。

大友が一眼レフを構えて撮影している。室内にシャッター音が響きストロボライトが明滅した。その間、篠塚も鋭一も何も言わなかった。

この状況を、どう考えるべきか。

2

午前六時半に宮城市内のビジネスホテルで起床した麻井は、ジョギングに出掛ける準備をした。

スポーツ好きというわけではないが、心身の健康維持のために、毎朝のジョギングだけは欠かさず行っていた。

四十五歳を過ぎて内臓脂肪が気になったのと、人間ドックで高血圧を指摘されて以来、一念発起したのだ。

ジョギングを続けていると、思わぬ効果が生まれた。イライラが解消されて、新しいアイデアが浮かんでくるのだ。

軽く汗をかき、脳の回転を活性化する日課はクセになる。

だから、出張で寒冷地に行こうが、灼熱のアフリカに行こうが、朝のジョギングだけは続けている。

今朝は、普段よりウエアを一枚多く重ねたにもかかわらず、ホテルを出た瞬間、寒さで身が竦《すく》んだ。

じゅうぶんに足踏みをして体をほぐしてから、麻井は速足のペースでスタートした。

丸岡には高らかに宣言したが、結局、昨夜は篠塚に会えなかった。今日なら時間が取れると聞いたので、昨夜の最終の新幹線で宮城市に移動したのだ。

ホテルに落ち着いてからは、氷川が経営するI&HホールディングスとABCに関連した情報収集に費やした。

ネット上からは、ほとんど何も拾えなかった。だが、それは当然で、企業のM&Aや合弁などは、発表まで極秘でなければ、成功は難しい。そのため、大抵は経営トップ同士の二人しか知らない状況で交渉は進められる。

I&Hは氷川がオーナーであり、ABCも、製薬業界の巨人アンドリュー・バロン・チェイスが一代で築き上げたものだ。

したがって、氷川とチェイスによるトップセールスで、合弁会社ぐらいは簡単に設立できた。二十一世紀の製薬ビジネスの競争は熾烈を極めている。再生細胞の人体への移植が実現すれば、この先数十年は悠々自適で業界に君臨できる。

そのため各社がしのぎを削っているのだが、業界の上位企業は、もっと賢明な手段をとっている。

すなわち、ライバル同士がパートナーシップを結んで共存を図るという手段だ。この「負けない戦略」によって、大手はさらに強靭になり、世界中の製薬と再生医療ビジネスを、数社が牛耳るところまで来ている。

その雄が、ＡＢＣだった。一方のＩ＆Ｈは製薬業界では門外漢だが、企業自体は多国籍化して成長しているし、それに何より、世界がその動向に注目しているシノヨシを抱えるアルキメデス科研が傘下にある。

双方が手を結ぶのは、とても賢明であり、合弁会社ができれば、無敵になる可能性が高い。

もっともＡＢＣだけの情報ならネットでもそこそこ摑めた。再生細胞研究が、暗礁に乗り上げているだけでなく、再生医療関連製品を使用した結果、激しい副作用が起きた例が頻出しているという記事もあった。

つまり、ＡＢＣは行き詰まっているということだ。ならば、氷川からの申し出は、渡りに舟だったに違いない。

電話の着信があった。スイスの再生医療研究所の友人からだ。昨夜東京を出る前に、再生医療ビジネスの最新情報について欧米の知人に尋ねていた。

走りながら応答した。

〝こっちからも連絡をしようと思っていたんだ。元気か、ヨシト〟

「なんとかかな。君こそ、腰の調子はどうだい、フランク」

フランク・シュルツ、四十九歳。ドイツ系スイス人で、EU内の再生医療ビジネスのキーマンの一人だ。美食家で、体重が一二〇キロを超えていて、ずっと腰痛に悩まされている。

〝寒い季節になってきたからね。キツいさ。だから、昨夜のディナーでは、キャビアを我慢した〟

「凄いじゃないか。やればできるってことだな」

〝まあね。でも、その分フォアグラを食べ過ぎたから、意味ないけどね〟

シャトー・ディケムを片手にフォアグラのソテーを頬張るシュルツの姿が目に浮かんだ。

〝それはともかく。氷川一機という男について、ヨシトに聞きたかったんだ〟

「氷川が、なぜ君のアンテナに引っかかったのかを教えてくれたら、喜んで」

〝我がスイス国立再生医療研究所《SRMI》に、共同研究を持ち込んできた〟

「フェニックス7か」

〝そうだ。もし、共同研究としてフェニックス7を一〇〇人に治験すれば、三〇〇万ドルを寄附すると言っている〟

麻井はジョギングを諦め、Uターンした。

「それだけか」

〝そうだよ。ふざけやがって、そんなのは共同研究とは言わん〟

その通りだ。

〝氷川が、アルキメデス科学研究所のオーナーなのは知っているが、そもそも彼は医療や創薬系ではビジネスしていない。なのに、いきなりウチで治験させろとは、俺たちも舐《な》められたもんだよ〟

確かにな。

「氷川に成り代わって、非礼をお詫びするよ。だが、奴はそういう男だ」

〝野蛮な来訪者って奴か〟

「そうだ。で、SRMIはどう対応したんだ」

〝まだ、回答していない。情けないことに、SRMIはこのところ資金不足なんだ。となると、フェニックス7の研究に参加できるのは、ありがたい〟

「だが、氷川は、ABCとの合弁会社を計画しているんだぞ」

〝だから、電話したんだ。その情報はどれぐらい正確なんだ〟

「まだ、噂程度だ」

〝氷川に、直接聞いてくれないか〟

そうだった。フランクは自分勝手な男だった。

「じゃあ、あんたは、アンドリューに裏を取ってくれよ。確か、グルメ仲間だろ」

〝まあな。いいだろう。明日、奴がジュネーブに来るんで、ディナーを約束している。ついでに聞いてみるよ。その代わり、氷川を頼む〟

頼まれても困るのだが、なんとしてでも、アンドリュー・バロン・チェイスの腹の内を知りたかった。

通話を終えた時、ちょうどホテルに戻ってきた。

運動のせいだけではないが、体は温まった。もっとも、精神状態は最悪だったが。

3

「楠木様、楠木寿子様。第三診察室にお入りください」

中待合の長いすで背筋を伸ばしてファッション誌を読んでいた母が、立ち上がった。

「ほら、呼ばれたわよ」

隣でうたた寝していた楠木は妻にこづかれて目を覚まし、女たちの後に続いた。

所轄内で、不可解な老人の失踪死事件が起きているだけに、夜間の徘徊の頻度が増えてきた母を、施設に預けるのは急務だった。

事件が発覚する前から、二ヶ所、老人ホームを視察したのだが、いずれも母の拒絶反応が強く断念していた。

そこで、入所して心身の機能回復訓練を行い、在宅への復帰を目指す施設である老健に入所しようかと検討していた矢先に、エイジレス診療センターに老健があることを知ったのだ。

それで、一度母を連れて行かないかと、妻に提案した。何事も迅速がモットーの妻は、すぐにセンターに連絡を入れた。すると、翌日の午前十時の時間帯だと予約できると言われて、楠木は半休を取った。

診療センターと同様、老健のロビーも高級ホテルのような空間で、見学予約の旨を告げると、

「まず、センターで、問診を受けてください」と言われてここに案内されたのだ。

「こんにちは。楠木寿子さんですね。どうぞ、こちらにおかけ下さい」

中年の女医が、母に椅子を勧めた。

「お世話になります。楠木でございます」

母は丁寧に挨拶してから、椅子に腰を下ろした。

「恐れ入りますが、ご家族の方は、後ほどお話を伺いますので、中待合で少しお待ち戴けます

か」

夫婦で顔を見合わせた。

「ほら、二人とも、先生のご指示に従って」

母に追い立てられて、二人は部屋から出た。

「一人で大丈夫かしら」

「ここの治療は、日本の最先端だという噂だ。お任せしよう。俺はちょっと一服してくる」

「日本の最先端治療の病院に、タバコが吸えるところなんて、あるのかしら」

軽く非難されたが、楠木は聞き流してロビーに向かった。

妻の言う通り、喫煙室など見当たらない。

仕方なく、屋外に出た。

ダウンコートのポケットからタバコ、ライター、そして携帯灰皿を取り出したところで、手が止まった。

前の広場に人が群がっていた。テレビカメラやスチールカメラを構える連中がいた。

何の騒ぎだ。

その一団から外れてタバコをくわえて立つ男が、知った顔だった。楠木はさりげなく男に近づいた。

「火を借りられますか」

「どうぞ。あっ！　楠木さん！　何でこんな所に」

男は、仙台ラッキー7放送の記者だった。楠木が県警捜査一課に所属していた頃に、何度か酒席で一緒になったことがある。

「ご無沙汰。今日は半休取って、お袋の診察にね」

群がっているメディア関係者の誰もこちらに気づいてない。楠木は、彼らに背を向けるようにして立った。

「そっかあ。大変っすねえ」

「まあね。ところで、何の騒ぎだ？」

「諸積惣一朗って数学者が、昨日ここで亡くなったんです。急性心不全らしいですよ」

「有名なのか」

「諸積さんって、世界的な数学者なんですよ。それで、東京のキー局から、亡くなった時の様子をリポートしろという指示がきましてね。今、エイジレス診療センター長の会見待ちです」

世界的な数学者が、こんな辺鄙《へんぴ》なところに入院していたのか。

「その諸積って人は、地元の人なのか」

「いや、東京の人だと思いますよ。東大の名誉教授ですから。その後は、栃木県だか長野県だかに住んでいたそうですが」

「じゃあ、なんで、ここに？」

「ここの老人ホームには、ＶＩＰ棟ってのがあるそうなんですが、そこで、ずっと研究を続けてきたと聞いています」

「研究って、もう退官したんだろ」

「ええ。でも、世界中の数学者が解けない問題の解明を、ずっとライフワークにされていたとか。それで、センター長の会見の後、特別室も取材させて欲しいと、メディア側から要請しているんですけどね」

　何かが引っかかった。

「さっき、ここの老健は凄いって言ってたけど、どの辺が凄いんだ。ちょうどウチのお袋もお世話になろうかと思ってるんだけどね」

「ここは、認知症の研究機関が併設されていますから、ボケないためのエクササイズとか、リハビリが充実してるって話です。半年ほど前にウチの局で、一時間のドキュメンタリー番組作ったので、それを差し上げましょうか」

「それは助かるな。ぜひ、頼むよ」

「じゃあ、局に戻ったらすぐに。お母様、相当お悪いんですか」

「まあ、八十二歳だからね。年相応だよ」

「ウチも、両親が七十代後半なんで、これからが大変だろうなって、嫁と言ってるんです。もし、ここにお母様が入所されたら、色々教えてください」

4

「これで、何例目だ？」

鋭一がいきなり尋ねてきた。

篠塚が高度情報処理室に閉じこもり、諸積の脳細胞の解析を行っている最中だった。

「何例目とは？」

「諸積さんが、最初じゃないだろう。他にもＰ７を移植して死んだクランケがいたはずだ」

篠塚は、それに答えるつもりはなかった。鋭一は、何も知らない方が良い。

「諸積先生が、最初だ」

「ウソつけ。おまえ、解剖の時の手際が良すぎた。チェックすべき箇所も、心得ていた。あれは、何度も似たような症例の遺体を解剖してきた者の手際だよ」

「おまえの妄想力は相当なもんだな。こんなことは、諸積先生が初めてだ」

鋭一がいきなり部屋の灯りを切った。室内は、機器類が発する青や赤の明滅の灯りだけになった。

「僕が、そんなに信用できないか」

鋭一が篠塚の手首を握りしめた。

「心から信頼しているよ」

「だったら、隠し事なんてよせ」

鋭一の手に力が籠もった。

「僕はもうすぐ死ぬんだぞ。だから、洗いざらい情報を教えてくれ。そうしなければ、おまえの研究は、成果を上げられない」

それは正しいと思う。

人体へのフェニックス7移植の成功率が、予想よりも低いのだ。祝田の検証によって、高血圧症のクランケでは、脳細胞の増殖が止まらないのが確認できた。その解決策は見つかりそうだが、他にもまだリスクが出現しないとも限らない。

しかし、研究に制約が多く、腰を据えた検証作業ができていない。

「なあ幹、僕は何もかも知ってるんだ。おまえが、なぜ生命研での栄光を棄てて、こんな山奥に籠もっているのか、そのために氷川のおっさんとどんな取り決めをしたのかも。だから、全部教えるんだ」

氷川の冷酷な笑みが脳裏に浮かんだ。

自分がしていることを鋭一にぶちまけたら、彼もまた研究者失格の烙印を押されてしまう。

だが、黙っていれば、余命わずかな鋭一は善意の第三者として俺の研究を手伝ってくれるだけで済む。

「幹、P7はおまえだけのものじゃない。僕がいたからこそ、完成を見たんだ。もっとはっきり言えば、僕がいなければ、おまえはまだ生命研の期待の星のままくすぶっていた。だから、僕には知る権利がある。僕のP7が人体にどんな影響を与えるのかをな」

挑発してきたか。

しかも、鋭一の指摘は間違っていない。シノヨシなどと世間では言われているが、独創的な発想を持つ鋭一がいなければ、フェニックス7は絶対に完成しなかった。

俺の代わりはいくらでもいる。

「分かった。おまえの意向に従おう。フェニックス7を移植したのは、総勢で四七人だ」

「思ったより多いな。期間は？」

「四年半になる」

「つまり、アルキメ科研が出来た直後から始まっていたんだな。それで現状は？」

「生存一年以上の例が三例」

「最長は？」

「四年半」

「すげえな。つまり、まだ生きてるのか。いったい誰なんだ？」

篠塚は、ノートパソコンを開いて、顔写真を見せた。

「マジか！　いや、凄いな。もう学会で発表できるじゃないか」

「俺も最初はそう思った。だが、それ以外は約三〇例連続で、三日以内に死亡した」

「四年前、P7に使う細胞を変更したいとおまえが強く言ったのは、それが理由か」

iPS細胞と同じく、IUS細胞でも、ガン化しやすいという問題があった。それで、作製に利用する細胞を様々に組み換えた。おかげでフェニックス7自体のガン化は防げたが、フェニックス7によって刺激された細胞がガン化するという事態が起きた。

それで、サルのデータを提示して、鋭一に相談したのだ。

「結果として、クランケの生存期間が飛躍的に長くなった。それでも、せいぜい数ヶ月止まりだったがね」

「そして、バージョン5の登場となるわけだな」

フェニックス7はこれまでに四回、根本的な細胞の遺伝子変更をしている。最新型がバージョン5だった。

「バージョン4でも改善が難しく、〝治験〟を止めたんだ。そして、二年前から再開し、良好な状態が暫く続いていた。一年以上の生存者のうち二人は、この時期に移植している。それが、なぜかここに来て、異変が続いた」

「高血圧が原因だったんだろ。諸積さんも、ここ数日血圧降下剤の服用を怠ったのが、原因じゃないのか」

「そうだ。だが、延命できなかったクランケの中には、血圧は正常値の人もいたんだ」

「高血圧症以外にも、P7の増殖制御を狂わせる症状があるということか」

鋭一は独り言を呟きながら、室内を歩き回った。

何か考え事に集中する時の彼の癖だった。

その間に、高血圧症ではなかったのに、フェニックス7が暴走した患者のカルテを、篠塚は画面上に呼び出した。

「この三人が、そうだ」

鋭一が席に戻ってきた。今度は、忙しない貧乏揺すりが始まった。また、ぶつぶつと言葉が零れる。

「三人とも満身創痍だな、まるで生活習慣病の百貨店だ。これじゃあ、特定は難しいか。この三件の検証、僕に任せてくれないか」

「何をする気だ?」

「真希ちゃんに手伝ってもらって、複数の生活習慣病を持ったサルで、実験してみたいんだ」

「真希ちゃんを、巻き込むな」

「大丈夫。彼女には、あくまでもサルレベルの実験で、検証をしたいと言うから。それから、もう一つ聞きたいんだけど。どうやって実験台を調達しているんだ?」

5

楠木が昼過ぎに所轄に顔を出すと、待ち構えていた松永に取調室に引っ張り込まれた。

「なんだ？　また内偵捜査でもしたのか？」

「係長、徘徊老人連続殺人事件の件っすよ」

「おまえ、そんな事件名、他の誰かに言ってないだろうな」

「えっと、渡辺先輩にだけは」

頭を叩こうかと手を上げたが、自重した。

「誰にも言うな。年寄りが失踪して、行き倒れただけかも知れないんだ。殺しだの連続だのと口走ったら、おまえを離島の駐在に飛ばす！」

「すみません！　ちょっと、先走りすぎで」

「先走りじゃない。おまえは、事件を勝手に作ってるんだ。いいか、松永、俺は冗談を言ってるんじゃないぞ！」

松永がしょげかえったのを見て、楠木は責めるのを止めた。

「で、話とは何だ？」

「諸積惣一朗氏の死亡届の件です。確かに宮城市役所に提出されていました」

死亡届の写しを、松永はテーブルの上に置いた。死亡したのは、昨日の午後三時十三分とある。

「俺たちが、エイジレス診療センターを訪ねた日じゃないか」

「えっ！」と言うなり、松永が身を乗り出して、文書を覗き込んだ。

「ほんとっすねえ。いや、うっかりぽんでした。これって、なんか臭いますか」

「何も臭わんよ！」

こいつには、一〇〇パーセント証拠が揃って逮捕状を請求するまで、疑惑の片鱗も窺わせたくない。

診断書に目を通すと、死因は、急性心不全とある。

それから担当医の氏名欄で、目が留まった。

「アルキメデス科研の所長の名は、何て言う？」

篠塚幹、だと。

「調べます。ちょっと、待ってください」

松永がスマートフォンで検索するのを待つ間、楠木は、死亡届と死亡診断書を再読した。諸積の本籍は、東京都杉並区荻窪にある。ただ、血縁はいない。

だとすると、遺体は誰が引き取るんだろう。

「お待たせしました！　篠塚幹です」

松永は、顔写真付きのプロフィールを見せてくれた。

東京大学医学部卒業とある。しかし、いくら医者だからといって、科研の所長ともあろう立場の者が死亡診断書を書くというのに、違和感がある。諸積氏がＶＩＰ待遇の入所者であるのを差し引いても、妙な話である。

「係長、何か見つけましたか」

「その前に、ナベを呼んできてくれ」

そもそもなぜ、諸積はエイジレス診療センターの施設にいたのだろうか。

東京にはいくらでも良い施設があるというのに。エイジレス診療センターのサービスはそれ以上に凄いのだろうか。

テレビ局の記者は、諸積が〝ＶＩＰ棟〟で暮らしていたと言っていた。

「お疲れっす」

渡辺が入ってきた。

「忙しいところ呼び出して悪い。俺の気のせいだと思うんだが、こういう人物が、昨日、エイジレス診療センターの施設で急死した。ところが、死亡診断書に署名したのは、アルキメデス科研の所長。奇妙だと思わないか」

諸積の経歴を簡単に説明して、死亡診断書を渡辺に手渡した。

「なるほど！　それで、私に所長のことを調べさせたんっすね！　ＶＩＰが死ぬと、そんな偉い先生が死亡診断書を書くもんなんですかねえ」

興奮する松永を無視して、楠木は渡辺の意見を待った。

「ナベはどう解釈する？　普通に考えたら、アルキメ科研の所長は、診療センターになんて顔も出さないと思うんだがな」

「たとえば所長と面談中に急性心不全を起こし、所長が応急処置をしたが、助からなかったとか」

なるほど。それは、想定していなかった。

「善は急げっす。エイジレス診療センターに、行ってきます」

「松永、待て！　軽はずみに動くな」

「係長、不可解なことは、現場に行って検証しなくっちゃ!!」

「病死と判断している診療センターに行って、疑義あり！　と叫ぶのか。しかも、相手は世界的に名を知られた人物なんだぞ」

「でも、事実っすよ」

楠木に怒鳴られても、松永は怪訝そうだ。

「松永、落ち着け。もうちょっと、楠木さんの話を聞くんだ」

渡辺にたしなめられた松永は、パイプ椅子を二人のそばに引っ張ってきて座った。

「ナベの言う通り、諸積さんは、アルキメ科研の所長と面談中に倒れたのかもしれない。だが、俺はそもそも世界的な数学の権威が、宮城くんだりの施設に入所していることの方が、気になる」

「確かに、それはそうだ。係長は、なぜだと思うんですか」

「見当もつかない。だが、診断書を書いたのが、アルキメ科研の所長となると、ますます気になるな」

「自分の友達《ツレ》がセンターにいます。ちょっと聞いてみましょうか」

「いや、必要になったら頼むが、勝手に動くな。いいな」

「了解っす！」

携帯電話が鳴った。東北大法医学教室教授の立田からだ。

〝先日、君に依頼されて解剖したホトケさんのことで、伝えたいことがあるんだ〟

今すぐ、東北大にお邪魔すると楠木は返した。

6

アルキメデス科研の応接室で、麻井は既に三十分以上待たされていた。なのに、篠塚はまだ現れない。

手持ち無沙汰でスマートフォンを見ていたら、気になるメッセージがあった。麻井の部下で、アルキメデス科研の情報を毎日収集している若手からだ。今朝は、ニュースチェックどころではなかったので、寝耳に水の情報だった。

〝昨日午後、アルキメデス科研付属診療所であるエイジレス診療センターの施設で、数学の世界的権威である諸積惣一朗氏が急性心不全で亡くなったという記事が数件みつかりました〟

諸積といえば東大でも指折りの天才で、数学界最高の賞といわれるフィールズ賞とアーベル賞の両方を受賞した世界的な巨人じゃないか。

そんな人物が、ここにいたのか。

確か諸積は、八十歳を過ぎても、ライフワークであるリーマン予想の解明に情熱を注いでいると、以前、NHKが放送したドキュメンタリーを見た記憶がある。

あれは三年ほど前だが、その時は、那須塩原で隠居していると語っていた。

氷川と何か関係があったのだろうか。

エイジレス診療センターには、国内外のVIPを対象にした棟が存在した。氷川と交流のある人物やその家族などに、格安で提供する高級老人ホームだった。

おそらく、諸積が暮らしていたのも、そこだろう。

もしかして、その数学の巨人が亡くなったことが、俺が待たされている理由に繋がっているのだろうか。

麻井は、アルキメデス科研の総務部長を携帯電話で呼び出した。

「今、科研にお邪魔しているんですが、面会相手の篠塚所長が、待てど暮らせど現れない。それで、理由をご存知かと思いましてね」

〝少々お待ち戴けますか。確認の上、折り返します〟

待っている間、手あたり次第に諸積の関連記事を読んだ。

昔ながらの研究一筋の変人で、周囲にいる者の迷惑も顧みず、自らの探究心だけで突き進むタイプだ。アメリカには、まだそういう変人がたまにいるが、日本では完全に絶滅したと思っていたのに……まだ生息していたのか。

いや、俺の知り合いにも、一人いたな。

その時、ノックもなしにドアが開き、まさにその一人が現れた。

7

立田教授は、研究室で待っていた。

地下の底冷えのする解剖室ではないことに楠木は安堵した。

「やあ、呼び出してしまって申し訳ないねえ」

立田は、年代物の手動のミルをごりごりと回しながら、デスク前にある椅子を示した。

「折角、来てもらうんで、とっておきのコーヒーをご馳走しようと思ってね」

電気コンロには、注ぎ口が細いドリップケトルがセットされている。

「恐縮です」

立田はまるで証拠品を扱うように慎重に、挽き終わった豆をコーヒードリッパーに入れた。

良いタイミングでお湯が沸いた。

ケトルを手にして、ドリッパーに少しずつお湯を回し入れると、室内に独特のコーヒーの甘い香りが漂った。それをウェッジウッドのコーヒーカップに注ぐと、楠木に差し出した。

「ありがとうございます。とても、良い香りですね」

「世界屈指の絶品コーヒーだからね。飲むとまた別の至福がもたらされる」

立田が言うのを聞きながら、一口啜ってみた。今まで味わったことのないコーヒーだった。

「うまい！」

「だろ。コピ・ルアクだからね」

それが、このコーヒー豆の名前なのか。

「すみません、不勉強で。初めて聞く銘柄です」

二口目になると、さっきとは別のまろやかさを感じる。

「私と同業の友人が、インドネシアにいてね。自宅で作っているんだ」

コーヒーを自宅で作るのか。

「大農園をお持ちなんですな」

「それほどでもないんだけどね。ジャコウネコを数匹飼っている」

「ジャコウネコですか」

話が見えなくなった。

「そうか、君はこいつの名を知らなかったんだから、意味が分からないだろうな。このコーヒー豆は、ジャコウネコのフンから作られとる」

口に含んだコーヒーを吐き出しそうになった。

「勿体ないことをするなよ。別に、フンの臭いなんぞせんだろ。東京あたりでは、一杯八〇〇〇円もふんだくる店だってあるんだ。しっかり味わい給《たま》え」

なんとか口中のコーヒーを飲み込んだ。

「本来はジャコウネコは肉食なんだが、コーヒーの果実も好物なんだ。ただし、豆は消化できないので、そのままフンに出る。知っての通りジャコウネコの会陰腺から分泌される体液は、香水の補強剤や持続剤として利用されておる。そういう特質があるからだろうな。体内を通過したコーヒー豆は、酵素によって発酵し、そこにジャコウネコ独特の体液も混ざるので、こんな至福の香りと味が生まれるんだよ」

そう説明されても、飲む気は失せた。

「大変、素晴らしいものをありがとうございました。それで、ご用件ですが」

「ああ、そうだった」と言って立田は、コーヒーを飲み干すと、デスクの側面に立てたシャウカステンの電源を入れた。

数枚のレントゲン写真が貼り付けられてある。

「遺体を徹底的に見て欲しいと、君は言っただろう。それで、CTも撮ったんだよ。すると、見落としが分かった」

礼儀としてコーヒーを残さず飲んでから、楠木はシャウカステンの前に立った。

立田は指示棒を伸ばして、フィルムのある箇所を指した。

「ここを見て欲しい」

楠木は老眼鏡を取り出して、顔を近づけた。頭蓋骨に真っ直ぐ筋が入っている。

「これは？」

「頭蓋骨を開頭した痕だと思う」

「立田先生が、ですか？」

「いや、私より先に、誰かが開頭したことがあるんだ」

「つまり、ホトケさんが、頭蓋骨を外して施術しなければならない脳の手術をしたという意味ですか」

「まあ、そういう可能性もなくはないが、私の見解は違う。私より前に、誰かが解剖をしたんだと思う」

立田の言葉が腑に落ちるのに数秒かかった。

「つまり、行き倒れ死で発見される前に、遺体を誰かが開頭したと？」

「その可能性が高いな。そうなると、あれは行き倒れ遺体ではなく、遺棄された死体となる」

少なくとも死体遺棄罪という刑法が、犯されたわけか。

「既にご遺体は荼毘に付してしまったので、細かいチェックができないのが残念だが」

初めて、連続失踪行き倒れ死が事件であるという重要な証拠が出た。

「教授、なぜ、死後に開頭したと思われるんですか」

「開頭した部位だ。この線は、耳の上のあたりから横に、きれいに頭蓋骨を外している。こんな大きく頭蓋骨を外す治療はまずない」

なるほど、それも説得力がある。

「この話は当分、私と教授の間だけのものにしておいて戴きたいのですが。そして、次に同様のホトケさんが発見された時は、ぜひ、そのあたりをチェックして戴けますか」

「そのつもりでいるよ。丁寧に頭蓋骨を見ていれば、もっと早くに気づけたのに。私としたことが面目ない。この失敗は、必ず挽回してみせる」

8

「秋吉教授、ご無沙汰です」

思わぬところで、変人天才が目の前に現れたものだ。

「ほんと、久しぶりですねえ」

鋭一はチュッパチャプスをくわえたまま、麻井と握手した。

「幹にご用なんですよね」

「まあね。でも、秋吉教授にもお伺いしたいことがありまして」

「僕に聞きたいことって？」

鋭一は、麻井の正面に腰を下ろした。

「フェニックス7について『BIO JOURNAL』で取り上げられた件について、直接お話を伺いたくて」

「ああ、あれね。問題は、解決。というより、あれは悪質なデマでしょ」

鋭一が学術誌の指摘を軽視しているのが、言葉以上に態度から見て取れる。

「ですが、フェニックス7の増殖活動が止まらず、実験用のサルが死んだのは事実では？」

「僕は動物愛護の精神を大切にしているけど、時に、命を落とすこともある。最近、実験用のサルで異変が起きていたのは事実です。でも、原因は解明できました。高血圧症が原因でしたから、既にその対策も講じました。だから、安心です」

体を斜めにして椅子に座っている鋭一は、麻井と目を合わせようとしない。鋭一を知らない者からすれば不実に思える態度だが、鋭一は極度の人見知りで、人を正面から正視できない。したがって、嘘をついているから目を合わさないというわけではない。

そこへ、篠塚が現れた。

「鋭一、ここにいたのか？　真希ちゃんが捜していたぞ」

「あっ、忘れてた。実験につきあう約束だったたな。麻井さん、ここから先は、所長に聞いてください」

麻井が返答する前に、鋭一は部屋を出ていった。

「大変、お待たせしてしまいました。申し訳ありません」

「諸積氏がお亡くなりになった影響ですか」

篠塚の顔つきがこわばったように見えた。

「と、いうと？」

「世界的な数学者が亡くなったわけですから、アルキメ科研としても、マスコミ対応が大変かと思いましてね」

「いや、諸積先生は、エイジレス診療センターに入所されていたので、私は直接関係ありませんよ。別の事務作業に追われていましてね。それで、『BIO JOURNAL』の記事の件ですよね」

鋭一が手をつけなかったお茶を、篠塚が一口飲んだ。

「その件は、秋吉教授から伺ったので、解決しました。高血圧が原因だと」

「まだ、確定ではないですが」

「でも、比較実験もなさったんですよね」

「ええ。なので、問題はほぼ解決したと考えていいとは思います」

「それを聞いてホッとしています。いずれにしても、後ほど実験棟も見学させてください」

篠塚は頷くと、スマートフォンでどこかに連絡している。

「実験棟の責任者である祝田君の許可がいるので、彼女に連絡しなくちゃならないんです」

「そうですか。ところでもう一つ、おたくの理事長が、ＡＢＣとの合弁会社を立ち上げようとされているという噂がありますす」

「まさか。我々は、そんな話、全く知りませんよ。そもそもウチのボスは、ＡＢＣと何をする気なんです」

篠塚が惚《とぼ》けているようには見えない。

「フェニックス7の治験遂行、及び製品化だと聞いています」

「治験というけれど、我々の研究がまだ、そのフェーズに辿り着いていないのは、麻井さんが一番ご存知じゃないですか」

「だからこそ、驚いて飛んできたわけです。何かご存知ないかと」

篠塚は腕組みをすると、大きなため息をついた。

「ヒアリングする相手を間違っていませんか」

「理事長に直接尋ねろと？」

「ええ。あるいは、Ｉ＆Ｈホールディングスの企画戦略室長とかじゃないですか。私たちは、研究以外は、何も知りませんから」

「しかし、フェニックス７に関連した動きなんです。何か、氷川理事長からそれらしい示唆があったと思うんですが」

記憶を辿るように篠塚が考え込んでいる。

「そのような話を聞いた覚えはないですね」

本当に何も知らないようだ。だが、そんなことがあり得るのだろうか。

「ではこの件は、氷川さんに直接伺います。今日は、理事長はいらっしゃいますか」

「いや、不在です。東京じゃないですかねえ」

「ちなみに篠塚さんが想定されている、フェニックス７の治験開始時期はいつ頃ですか」

「まあ、早ければ早いほどいいですけどね。高血圧問題が起きるまでは、来年度早々にでもと思っていましたが、もう少し先になりそうですねえ」

「氷川さんは、もっと早くせよとおっしゃるのでは」

「それは今に始まったことじゃない。理事長としては、こんな良い環境を提供してやってるんだから、とっとと結果を出せと考えているんでしょうが、そう思い通りにはいきません」

拙速に事を運んで、取り返しの付かない失敗をして欲しくない。そう願う一方で、一刻も早くフェニックス7の実用化を実現したい——。

麻井だけでなく、関係者の総意だ。それは篠塚も重々理解しているだろう。それでも焦らないのだから、大したものだ。

「だから、氷川さんは、人体への治験に前のめりなアメリカでの治験をお考えになったのでは？」

「どうでしょうねえ。治験に踏み切るかどうかの判断については、私に一任されています。現段階では、たとえアメリカに行っても治験に踏み切るつもりはありませんよ」

「そうですか。それを聞いて安心しました。とはいえ、氷川さんがスイス国立再生医療研究所《SRMI》に、共同研究を持ち込んだという情報もありますから、一度、そのあたり確認された方が良いかもしれません」

また、篠塚は考え込んでいる。

「そういう確認は、私の立場からは難しいですね。麻井さんご自身、あるいは丸岡理事長の方で、氷川さんに問い合わせて戴いた方が良いと思います」

やけに無関心じゃないか。

本題よりも、篠塚の態度の方が気になった。

9

麻井と鋭一、さらには祝田も交えた会食を終えて、篠塚は本館に戻った。氷川から〝麻井氏と別れたあとで、私の部屋に来るように〟という連絡を受けていた。

鋭一の耳に入れようかと迷ったが、鋭一は麻井と共にカラオケに行くと張り切っているので黙っておいた。

タクシーが本館に近づいた時に、建物を見上げた。ほとんどの部屋の照明は落ちていたが、氷川がいる理事長室だけが、明るい。

篠塚は自室で顔を洗い、白衣を羽織ると理事長室に向かった。施設内では必ず白衣着用というのは、氷川が掲げる厳しいルールだ。

それにしてもなぜ、こんな日に呼び出すのだろう。予定では、氷川は今夜、ミラノスカラ座のオペラを鑑賞していたはずなのに。以前から楽しみにしていたそれを取りやめて、アルキメ科研に戻ってきたというのは、余程の事態が起きたと考えるべきだろう。

外国でのフェニックス7治験に関して何かあるのだろうか。

エレベーターを降りて廊下を歩いていると、オペラの楽曲が流れてきた。

氷川の部屋のドアが開け放たれているらしく、近づくにつれて音量が大きくなった。

扉をノックしたが、目を閉じて音楽に耽《ふけ》る氷川には聞こえないようだ。

「お楽しみのところ、失礼します。篠塚です。ただ今、戻りました」

声を掛けると、氷川は手を挙げて、少し待てと示した。

篠塚は一旦廊下に出て、待つ間にスマートフォンを見た。

大友からLINEが入っていた。

〝PK121の容体が急変し、三十分前に実験終了に至りました。

午前零時に、お待ち申し上げております〟

またか！　まだリスクが潜在しているのか……。

篠塚が〝了解〟と返したところで、声がかかった。

「失礼した。どうしても、この曲を聴いておきたくてね」

テーブルに、歌劇『オテロ』と書いたCDジャケットがある。

「『オテロ』をやらせたら、ぶっちぎりの世界一と言われるホセ・クーラを、今夜は生で堪能できるはずだったんだ。それが、ダメになった。だから、せめてもの慰めだ。待たせて申し訳なかった」

「まったく問題ありません。それより、楽しみにされていたオペラ鑑賞を諦めるほどの事態とは何事ですか」

「呑むかね？」

「戴きます」

氷川から酒を勧められて、拒否できるわけがない。

篠塚はロックグラスを手にすると、氷を入れて、年代物のラフロイグを注いだ。勧められるままに、アームチェアに腰を下ろした。

「ＡＭＩＤＩの麻井が来たそうじゃないか」

「ええ。例の『BIO JOURNAL』の記事の件で、事実確認にいらっしゃいました」

「目的は、それだけか」

「もう一つ、理事長がＡＢＣとの合弁会社を計画しているのを知ってるかと尋ねられました」

氷川が、グラスを揺らして氷を鳴らしている。

「両社で合弁会社の設立を目指している」

氷川は変人だが、篠塚には正直だった。

「フェニックス7の治験を行い、製品化するための会社だと、麻井さんはおっしゃってましたが」

「それが最優先課題だが、君の意見次第だとも思っている」

さすがは電光石火の氷川だ。先日、篠塚が仄めかしたプランをすぐに実行している。

「不満か?」

「とんでもない。大変ありがたいです」

「諸積さんの死因は、何だね」

話題が変わった。

「諸積教授《せんせい》は、高血圧症で、降圧剤を服用しなければならないのに、それを怠りました。バージョン5は、高血圧の持病があると、暴走します」

氷川も、このところ血圧が高い。毎日降圧剤の服用を欠かさない。

「つまり、自業自得だな」

身も蓋もないことを。

「まあ、そうですね」

「最近、物忘れが酷くなった。君のアドバイスを守って毎朝メモを取っているが、昨日の行動さえ思い出せないことが増えた」

どうやら、アルツハイマー病になったのでは、と心配しているらしい。

「荻田先生に、相談は?」

「あいつは、ダメだ」

荻田は、氷川の主治医だ。優秀で、患者に寄り添うのもうまいが、その丁寧すぎる物腰が、氷川は気に入らないらしい。

「彼ほど優秀な脳神経内科医はいませんよ」

また氷が揺れる音がした。

「私にはもう時間がない。だから、アメリカやヨーロッパで治験させようと考えたんだ」

「それはビジネスとしてですか、それとも、理事長ご自身のためですか」

「決まっているだろう。この研究投資は、ビジネスじゃない」

すべては、氷川のためだ。

五年前の激しい雨の降る夜に、氷川が言ったのだ。

「私の脳内で起きるアルツハイマーを止めて欲しい。そのためには、カネも人も、環境も惜しまない」と。

10

五年前のその夜、篠塚は一人、東京大学先端生命科学研究センターの研究室にいた。

「篠塚准教授《せんせい》、少し時間を戴けないだろうか」

研究室の入口に、老紳士が立っていた。贅肉のない鍛えた体で高級スーツを見事に着こなしている男――。以前、フェニックス7の支援をしたいと研究室に飛び込んできたIT長者の氷川一機だった。

「氷川さん、お久しぶりです。どうされたんです、こんな遅くに？」

既に時計の針は、午前一時を回っていた。フェニックス7研究の大支援者の一人ではあったが、それでも、セキュリティが厳しいセンターに、許可なく勝手に入れるはずがない。

「センター長とは、旧知の仲でね。無理を言って入ったんだ」

センター長の本所卓也が、午前一時過ぎの来訪者を認めるとは思えなかった。だが、相手は氷川だし、こんな時刻に、センター長を電話で叩き起こして確認する勇気もなかった。

「君に話があるんだが、その前に、研究室と研究内容について教えて欲しい」

財界を揺るがす風雲児とあだ名されるだけはある。篠塚の困惑など気にもせず、一方的に自身の希望を押しつけてきた。

支援者は大切にしなければならない――。篠塚は氷川のリクエストに応えた。

彼に誘われるまま、氷川いきつけの茗荷谷《みようがだに》のバーについていった。

至るところに大理石を使った贅沢な店は、どうやら氷川がオーナーのようだった。ひんやりと冷たい空間に落ち着くと、バーテンダーは「では、お先に失礼致します」と言って、帰ってしまった。

「二人っきりで話したいのでね」

ギリギリまで音を絞ってはいるが、テノールがアリアを高らかに歌い上げている中、氷川は本題に入った。

「東日本大震災の創造的復興のために建設したアルキメデス科学研究所を知っているかね」

「名前だけは。確か、氷川さんが理事長を務めてらっしゃいますよね」

「アルツハイマー病をはじめとする高齢者の疾病を研究するために私財を投じた。だが、実際のところ、なかなか成果が上がらず苦労している」

噂は聞いていた。世界中から研究者を集めたのだが、氷川が成果を性急に求めすぎて、研究者が居着かず、最近、スイス人の所長が辞めたという記事も読んだ。

「根気のいるジャンルですからね」

「君も苦労しているようだね」

ここに連れ出された理由が、まだ見えなかった。

「まあ。我々のような研究は、金食い虫ですから、もっと貪欲かつ積極的に研究するためには、研究費が足りません」

「どうだろう。ウチの所長になってくれないか。カネはいくらでも出す。もちろん秋吉君も一緒だ」

カウンターで隣り合わせに座っているので、どんな表情で氷川が切り出したのか分からない。

「冗談を言っているわけではない。聞けば、君は最近文科省のお偉いさんと衝突して、国からの補助金を大幅にカットされたそうじゃないか」

　順番が逆だった。補助金を切られたから、大喧嘩したのだ。もっとも、そのお偉いさんは、大学時代の同期生で、当時から良好な関係とはいえなかった。

「よくご存知ですね。ですが、私は今いる研究室が気に入っていますので」

「まもなく、君の研究室は閉鎖されるのを知っているのかな」

　フェニックス7については、篠塚と鋭一それぞれの研究室で研究が進められていた。それを科研費削減を理由に、統合すると、氷川は教えてくれた。

「なぜ、僕らが知らない情報をご存知なんですか」

「私は政府の審議委員をいくつも務めているからね。その伝手《つて》だよ。君が所長を務めてくれるなら、今の君の研究室の三倍の規模と一〇倍の予算を約束する。研究員の費用は、別途考えてもいい」

　なんだって。

「そのような好条件を、なぜいきなり我々に与えるんです？」

「アルキメ科研を立ち上げた時から、君達二人を招きたいと思っていた。だが、生命研にいる方が、フェニックス7の研究が進むと本所君に止められたので、断念したんだ」

「なのに、なぜお声をかけてくださるんですか」

「君が窮地に立っていると知ったからだ。そして、本所君も、そろそろウチで研究した方がいいかもしれないと後押ししてくれた」

本当のところ、本所は、体の良い厄介払いができると思っているのではないか。本所は理解者ではあるが、支援者ではない。

金食い虫のフェニックス7の研究に対しては、本所も色々思うところがあるらしいと、聞いている。

「話が突然かつ衝撃的過ぎて、即答できません。それに、そんなに我々を買い被って大丈夫ですか」

「私の家系は、皆、七十歳を超えるとアルツハイマー病に罹患する。中には、若年性アルツハイマーを発症した者もいる。だが、私はまだボケるわけにはいかないんだ。だから、私は君に期待している」

「つまり、あなたは我々の研究成果を利用なさりたいと？」

「私が七十になるまでに、アルツハイマーの特効薬を作って欲しい。そのためには、カネも人も、環境も惜しまない。頼む」

傲岸不遜な風雲児が、小生意気な准教授に頭を下げている。冗談のような光景だ。

だが、センターでの研究に限界を感じていた篠塚には、願ってもないオファーだった。

「暫く、お時間をください」

「二十四時間だけ待つ。これは、君達二人と私の人生を大きく左右する重大な決断ではある。

だが、考える時間が長いと、人は必ず誤った決断をする。二十四時間で十分だろ」

氷川の言う通りだと思った。

篠塚は、二十四時間じっくり考えて、結論を出した。

11

「我々の間に秘密は、なしだ。だから、教えて欲しい。フェニックス7の暴走は、高血圧だけが原因なのか」

暫くの沈黙の後、氷川が尋ねてきた。

「いえ。それだけでは、解決できない要因があります」

「それは、何だね？」

氷川が腹を割って話しているのだ。篠塚が逃げるわけにはいかないだろう。

「複数の生活習慣病が重なると起きる可能性があるようです」

「秋吉君は、何か摑んでいないのか」

「明日から、そのテストを始めます。ですが、サルをそのような状態にするのに、時間がかかります」

氷川が、低いうなり声を上げた。

そして、グラスを叩き付けるようにサイドテーブルに置いた。

「時間、時間、時間か……」

氷川は立ち上がると、自身のグラスと、空になっていた篠塚のものに、二杯目の酒を注いでいる。

「もっと早くやれないのかね」

「世界規模で優秀な研究者を集結させること、スーパーコンピューターをもう一セット戴ければ、実験の前に有力因子を絞り込めるはずです」

「はず？」

「曖昧な言い方で申し訳ありません。確約できないんです。しかし、少なくとも可能性は一桁までは絞り込めます」

「すべては、カネの問題だな」

まあ、そうだ。

「いくらいる？」

「具体的には、世界レベルの分子生物学者が二人、再生医療の専門家が二人、獣医が二人、スパコンを自在に操れるエキスパートが二人。そして、我々を支えてくれる研究員らが二〇人ってところでしょうか」

氷川は紙ナプキンを手にすると、希望追加人員についてもう一度尋ね、メモしていたが、すぐに破り捨ててしまった。

「君の希望を一から準備するのは時間の無駄だ。てっとり早く解決するなら、ＡＢＣの据え膳を食うのが一番だ」

「氷川さん、それほどまでに急ぐ理由は何ですか？」

「今朝、目が覚めたら、知らない女が裸で寝ていたんだが、何も覚えてないんだ」

それが、オペラ鑑賞をすっ飛ばして、科研に飛んできた本当の理由なのだろう。

「理事長、好き嫌いを言っている場合ではありません。明日、朝一番で荻田さんをここに呼びます。よろしいですか」

「君がそうすべきだと思うなら」

篠塚は、廊下に出て荻田の携帯を呼び出した。

「大変申し訳ないのですが、朝一番で、科研までいらしてもらえませんか」

〝氷川理事長が、どうかされましたか〟

「もしかすると、アルツハイマー病を発症したのかもしれません」

暫く沈黙があった。

〝分かりました。では、始発でそちらに向かいます。具体的にどういう症状なんでしょう〟

篠塚は、氷川から聞いた症状を伝えた。

〝なるほど……。では、明朝〟

「無理を申します」

〝いえ、そういう兆候を見落とした私の責任は重いですから、お気遣いなく〟

窓の外で雪が舞っていた。

12

「雪が降ってきましたよ」

交通事故の処理から戻った渡辺が、ストーブの前で手を合わせている。

楠木は当直長のテーブルで、アルキメデス科研の記事を読んでいた。

「こいつは、早朝に道路凍結のための事故が増えるかもしれんなあ。仮眠シフトをちょっと変更すっかな」

渡辺は同行していた若手二人に先に寝るように指示した。

「なんだ、おまえさんは、いいのか」

「俺は、ちょっと係長に一局お手合わせ願おうかと思いましてね」

つまり、別室で密談したいという意味か。

「おい、サブちゃん。ちょっと座敷に行ってくるわ」

テレビドラマを見ていた交通課の坂上三郎巡査部長は、軽く手を挙げて応じた。

座敷の正式名称は、第二休憩室という。八畳の和室で、昼食時には、婦警たちが弁当を広げているし、時にはロートルたちが将棋や囲碁を楽しむ場所にもなる。

当直の時には、仮眠室として使用されたりもするが、今夜は誰もいなかった。

代わりにテーブルの上に、缶コーヒーが三つ置かれている。

「夕方、ちょっと立て込んでいてご報告できなかったので」

渡辺が缶コーヒーを楠木に差し出した。カネを払おうとしたら、おごりだと言う。

「まず、諸積氏の方です。診療センターのガードが堅かったですが、なんとか事務局員から事情を聞けました。エイジレス診療センターには、VIP棟なるものが七室あるそうです。ランクがAからCまであって、AとBが二室ずつ、Cは三室あるそうです。いわゆるVIPが利用しており、入室するには、途方も無い順番待ちをしなければならないそうです」

渡辺の金釘文字で七人の入居者名が記されていた。

諸積はランクAの入所者で、もう一人は、楠木でも名前を知っている東京財界の大物だった。

「Bランクの二人は、どういう経歴なんだ」

「七〇三号室の菅野毅は、宇宙工学では有名な先生だそうです。年齢は八十八歳。七〇五号室の今居昭子の方は、原子物理学者で九十一歳です。これに加えてCランクの七〇六号室の泉田《いずみだ》尭彦《たかひこ》ら三名が理事長枠だそうで、理事長の推薦者しか入所できないそうです」

「あそこの理事長は、ＩＴ長者だったな」

「ええ、氷川一機ですね。世界長者番付に名を連ねる大富豪です」

冷たい目をした表情のない顔写真をテレビや新聞で何度か目にしたことがある。

「で、残りＣランクの二人は、元宮城県知事と元国会議員です。ここは、地元の名士優先だとか」

その二人の名前も知っていた。どちらも、かつて捜査二課が汚職で追いかけたことがあった。

「入室費は、高いんだろうな」

「べらぼうに。Ｃランクでも、差額ベッド代が一日二〇万円とか。ＡとＢは氷川の会社が仕切っているそうで、料金の詳細は不明です」

日本でも着実に貧富の差が広がっていると言われている。なかなか表面化しないのだが、高齢者が入室する特別室の料金を聞いていると、明らかにそこには格差社会が存在している。

「で、諸積氏が入室したきっかけですが、理事長推薦なのは当然ですが、篠塚アルキメ科研所長が、事前にヒアリングしたようだと」

「理由については？」

「エイジレス診療センターに入所したのは、アルツハイマー治療で大きな成果を上げているからだと、諸積氏が自ら言っていたのを聞いたそうです」

「諸積氏は、アルツハイマーを患っていたのか」

「分かりません。話を聞いた事務局員の話では、エイジレス診療センターは、アルツハイマーの進行を遅らせて改善を目指した様々な治療ができるんだとか」

「諸積氏のアルツハイマーのレベルは？」

「すみません、それも未確認です」

令状を取って、諸積氏のカルテを押収したいところだが、現状では令状の発行は難しそうだ。もう少し、不審点がないと。

「何か、引っかかりますか」

「俺もエイジレス診療センターのアルツハイマー治療には定評があると聞いた。だが、諸積氏が死ぬ直前まで数学の問題を解いていたのであれば、そんなことは、アルツハイマーの患者にできることじゃない」

「確かにそうですねえ。だとすると、諸積氏は、アルツハイマー病ではなかったのかな」

ならば、渡辺が言っていた入所理由が意味をなさなくなる。

「もしかすると諸積氏は、何らかの兆候に気づいて、アルツハイマー病に罹患する前の予防として入院したかも知れんな」

だが、八十七歳にもなれば、記憶が曖昧になるのは、自然なことだ。どれが、健全なボケで、どれがアルツハイマーの影響による記憶障害だと判別できるのだろうか。

「もっと丁寧に聞いてくればよかったですね。すみません、ボンクラで」

「ボンクラじゃないさ。実は些末なことに過ぎないかもしれない。しかし、大数学者が、わざわざ宮城くんだりまでやって来るんだから、それなりの革新的な治療があるのかも知れないと思ってな。諸積氏には、付き添いや家族は？」

「いなかったようです」

「お疲れっす！」

署内一の軽はずみな奴が姿を見せた。松永は、そのままシベリアに行けそうなぐらいの分厚いダウンコートを着て、耳当てまで着けている。

「そんなに寒いのか」

「まあ、ここは暖かいっすけどね。雪降ってますから、用心に用心を重ねなくっちゃ。で、お二人に差し入れ持ってきました」

コンビニの袋から出されたのは、ハーゲンダッツのカップのアイスクリームだった。

「なあ、松永、そんな防寒しておいて、差し入れがアイスってどんな神経してんだ」

渡辺も呆れている。

「変っすか？　寒い日は、暖房効いた部屋でアイスってのが、オツっすよ」

理解不能だと口にするのも、馬鹿馬鹿しい。

「で、ナベ。行き倒れで発見された年寄りの死体検案書だが」

渡辺が、書類袋から中身を取り出した。

思ったよりも、枚数が多かった。

「念のため一年分を取ったんですが、予想外の多さです。一〇八人もいました」

一ヶ月当たり、九人か。高齢者専門病院としては、そんなものか。

「ただ、アルキメ科研の篠塚先生の署名があった診断書は、一通もありません」

「まじっすか！」

一人でさっさとアイスに取りかかっていた松永が驚いている。

諸積は特別だったわけか。

「で、それが分かったので、諸積大先生が倒れた時のことを聞き込みました。数学の議論をしている最中に苦しみだし、倒れたそうです。そして、その場に偶然、アルキメ科研の所長が居合わせて、蘇生術を行ったとか」

それなら、別に篠塚所長が死亡診断書を書くのは不自然ではない。

「どうも、俺の考え過ぎだったようだな。で、松永の方の収穫は？」

「えっと、今日は二家族のご遺族に話を聞きました。両方ともに共通項はなく、エイジレス診療センターで診察を受けたこともなかったようです。ただ、どんどん徘徊が酷くなり、行方不明になる前の数回は、明け方まで家族総出で捜したりもあったそうです」

缶コーヒーも飲んで、すっかり夜食を楽しんでいる松永が、メモを読み上げた。

暢気《のんき》な口調で報告する松永に、楠木は腹が立ったが、怒るエネルギーすら無駄に思えた。

「つまり、収穫ゼロだな」

「いやあ、それじゃあ、さすがにお恥ずかしいんで、ちょっと面白い話を耳にしました」

「おまえ、もったいつけずに先にそれを言えよ」

こたつに足を突っ込んで、アイスクリームの蓋を開けた渡辺が文句を言った。

「そっすねえ。でも、やっぱ、おいしいもんは、後にとっておきたいじゃないですか。実は、徘徊を繰り返していた八十二歳の母親がある日、誘拐されかけたと大騒ぎしたことがあったそうです。大騒ぎしたのは、成瀬ツルさんです。誘拐されたと訴えたのは失踪する一ヶ月前で、黒いワンボックスカーに乗っていた男に、無理矢理連れ込まれそうになったそうです」

「ツルさんが、失踪したのは？」

渡辺に促されて、松永は手帳を開いた。

「あっ、あった！　えっと、七月二十日頃だそうです」

「行方不明者届は出ているんだな」

「はい、二十一日には」

「その時に誘拐されかけた件を家族は話していないのか」

「届けを出した時には、話していないそうです」

「じゃあ、誘拐されたと訴えた時は、警察へ通報していないんだな」

「と、思います」

「思うだと？」

要領を得ない松永に、楠木の我慢が切れそうだった。

「届けを確認していないので」

「明日一番で、確認しろ。で、遺体で見つかったのは？」

また、松永がメモをめくりながら答えた。

「八月十一日っすね。見つかったのは、山上《やまがみ》町の竹林っすけど、事件性はないと記録されていました」

渡辺がため息をついて、質問をやめた。

「誘拐騒動について、ご遺族から詳しく聞いたか」

「係長、もちろんっすよ。でも、遺族の話は曖昧で。ツルさんが散歩をしていたら、黒いワンボックスカーが停まって、車内に連れ込まれた。そこで薬をかがされたんだけど、暴れたお陰で逃げ延びたそうです。だけど」

「何だ」

「家族が警察に届けないので、ツルさんは何度も誘拐の模様を繰り返し訴えたそうなんですが、それが、毎回話が変わるそうで」

だから、誰も信用しなかった。

その一方で、誘拐されそうになったと本人が何度も訴えるというのに、引っかかった。

「黒いワンボックスカーと男という二点は、どうだ。そこも食い違っていたのか」

「すみません、そこまでは尋ねませんでした」

もどかしいな。

「いっそのこと屋外で亡くなったお年寄りの遺族全員に、聞いて回りますかねえ」

アイスクリームを食べ終えた渡辺が、真っ当な提案をした。

「そうだな。だったら、そろそろ課長に上げるべきかな」

「いや、係長、それはまだいいんじゃないっすか。あの課長に、中途半端な状態の情報を上げると、ろくなことないっすよ」

その口の利き方はなんだと、松永を叱る前に、渡辺が「同感」と話を進めてしまった。

「それにしても、一体、何が起きてるんですかね」

渡辺の疑問は、楠木の疑問でもあった。

徘徊老人の行き倒れ死が増えている。しかも、いずれのお年寄りの遺体にも不審な点がある。

だが、事件の輪郭すら描けていない。

そんな状況で、これを事件として上にあげるのは、さすがの楠木にも躊躇いがあった。

13

午前一時、解剖室に降りると、PK121が横たわり、準備万端整っていた。

緑色の解剖衣をまとった大友が、篠塚に黙礼した。部屋の奥には、やはり解剖衣姿の鋭一がいる。

「カラオケは、どうした?」

「麻井のオッサンが下手すぎて、逃げてきた」

麻井の歌は大半が英語やドイツ語だが、プロはだしだ。下手なのは、鋭一の方だろう。

「じゃあ、大友さん、始めましょう」

手際よく大友が解剖を進めるのを、篠塚はサポートしている。その背後で、鋭一はカメラを構えて、作業を覗き込んでいる。

頭蓋が外された段階で、三人がうめいた。大量の血液とともに脳が勢いよく盛り上がってあふれ出したからだ。

「凄い膨張だな。諸積先生の時とは比べものにならない」

鋭一の指摘は正しかった。鋭一がシャッターを切る度に閃光が飛ぶ。その明滅の中で、篠塚は拡大鏡で、脳の状態を精査した。

「このＰＫも高血圧だったのか」

暫し作業の手を止めていた大友が、ディスプレイをチェックしている。

「プラス糖尿病と神経痛です。降圧剤服用とはありますが」

やはり、別のＮＧ因子があったか……。

「やっぱり条件付けした実験が必要だな。真希ちゃんに急ぎやってもらうしかないな」

「だが、糖尿病を患っていても、何の変化もないＰＫもいる。神経痛もだ」

鋭一は判断が早すぎる。

「大友さん、二つ以上の持病を持っているＰＫは？」

「すぐには、分かりかねます。ただ、秋吉教授の指摘は、重要かもしれません。一つの持病では問題なかったのが、重なると何らかの作用をするという可能性を、今まで見落としていました。高血圧症ではなかったのに亡くなった方の持病を、再度検証してみます」

篠塚は、そこで遺体から離れた。

フェニックス７の暴走する原因が他にもあるのだろうか。

こんな状態では、氷川に移植するなど到底無理だ。

「ちょっと、いいか」

鋭一に廊下に連れ出された。

解剖なら、大友一人で十分やれるので、鋭一に続いた。

「理事長様の話は、何だったんだ？」

「なぜ、それを知っている？」

「おまえのスマホを、ハッキングしてるからだよ」

睨み付けると、鋭一が嬉しげに白い歯を見せた。

「理事長がアルキメ科研に来たと、雪がＬＩＮＥで教えてくれたんだ。すると、その三十分後に、おまえに急用ができた」

ミステリおたくの鋭一からすれば、この程度の推理は楽勝だろうな。

「なるほど、おみそれしました。ホームズ君」

「いや、僕の好みは、ファイロ・ヴァンスだ」

二十世紀前半に一世を風靡《ふうび》した米国探偵小説家のヴァン・ダインが創出した名探偵の名だ。

「それはともかく、理事長様の用件は？」

誰もいないのは分かっているのに、篠塚は思わず廊下を見回してしまった。

「アルツハイマーを発症した可能性がある」

「そいつは愉快だな。おっさん、びびりまくってるんだろう」

「笑い事じゃない。俺たちの成果を求められる時がいよいよ来たんだ」

「なのに、原因不明の暴走か……」

そして氷川は焦っている。

「複数の疾病がシンクロして暴走するという仮説なんだが」

篠塚が切り出すと、鋭一はうつむき加減で首を振った。

「あれは思いつきだ。科学的根拠があったわけじゃない」

「視点としては面白い」

「まあな。だが、気が遠くなるほどの実験がいるぞ」

「ひとまず、高血圧症のマウスに糖尿病と神経痛に罹患させるところから着手できるだけでも、ありがたい」

鋭一は口をとがらせて考え込んでしまった。

「なんだ、名案を思いついたんなら、話せよ」

「名案じゃない。いわゆる最後の手段ってやつだけどな。たとえ暴走原因の全てを解明できなくても、理事長様に移植すればいい」

「鋭一」

「人として許されないという倫理を気にする必要はない。なぜなら、僕たちはＰ７と一緒にヤツに買われたんだ。医薬品医療機器総合機構《PMDA》に認められなくても、理事長様に躊躇なく移植するためだ。だから、やるしかない」

「俺は、フェニックス７を、氷川さんと心中させるつもりはない」

「心中なんてさせないさ。氷川はＰ７実用化の礎になるだけだ」

激しい頭痛を訴えて昏倒して帰らぬ人になった諸積の最期の姿が、篠塚の脳裏に鮮明に蘇った。

「所長、処理が終わりました。閉じますが、よろしいですか」

大友が声を掛けてきた。

14

夢の中で、大勢の年寄りがバタバタと道端に倒れていくのを、楠木は手をこまねいて眺めている。

何をしている！　彼らを抱きかかえて、何があったのかを尋ねるのが、おまえの職責だろう。

その時、目の前で黒いワンボックスカーが急停車したかと思うと、正体不明の男が降りてきて、バックドアが開いた。そこに近づこうとするのだが、体が動かない。車内を覗き込んでいた男が、軽々と荷物を肩に乗せた。

小柄な女性がぐったりとして、肩に担がれている。母だ。

「やめろ」

男には聞こえないのか、道を進んでいく。そして、突然、用水路に女性を投げ入れた。

そこで、楠木は飛び起きた。

「すんません、楠木さん。また、出ました」

渡辺が、ベッドの側に立っていた。

「出たって？」

「行き倒れ死した年寄りです」

反射的に、腕時計を見た。午前六時四分だ。

まだ、夜は明けていない。

「新聞配達の兄ちゃんが見つけました。場所は、北《きた》の杜《もり》一五八七番地の用水路脇です」

ベッドから這い出ると、一気に冷気が足下から忍び寄ってきた。

「雪は？」

コートを羽織りながら尋ねた。

「えっ？」

「雪は、まだ降ってるか」

「一時間ほど前にやんでます」

「覚知は？」

「二十分ほど前です。ひとまず、当直遅番組三人に、現場に向かわせました」

「ダメだ。現場手前一〇〇メートル以内に近づくなと伝えろ！」

「は？」

「昨夜の八時前から雪が降っていたんだ。現場に、死体遺棄をしたヤツの車のタイヤ痕や靴跡が残っているかもしれんだろ」

現場を荒らされたくないのだ。遺棄時刻によるが、雪上に様々な手がかりが残されている可能性が高い。

渡辺は連絡を入れようと慌てて出ていった。

証拠が手に入るかもしれない。そのチャンスを逃すわけにいかなかった。


ハイビームで走る捜査車輌のフロントグラスに、雪が吸い寄せられるように打ち付けられる。

再び、雪が激しく降っている。

楠木は舌打ちした。

こんなに降ると、証拠がどんどん消えていくじゃないか。

しかし、この悪天候では、ハンドルを握る渡辺に飛ばせとも言えない。

「クソっ！　さっきまでやんでたくせに！　もう降るなよ！」

「ナベ、焦ってもしょうがない。ここは安全運転でな」

「いやあ、でも、やっぱむかつきますよ。せっかくのチャンスなのに」

楠木は、現場に到着している巡査を無線で呼び出した。

「遺体に近づいて、周辺に車のタイヤ痕とか靴跡がないか調べろ」

〝了解です！〟

「さすが、楠木さん。俺はもうカッカして、そこまで気が回りませんでした」

「いや、俺だって、気づいたのは今だ。間に合うといいがな」

雪道でハンドルを取られるのを、渡辺が上手に操っているうちに、前方にパトカーの赤色灯が見えてきた。

渡辺がアクセルを踏み込んだようで、後輪が空回りした。

「すんません！」

なんとかコントロールして、捜査車輌は、パトカーの後部で停止した。

楠木は、鑑識道具を詰めたバッグを後部座席から引っぱり出して、外に出た。

寒さと雪が襲ってきた。

楠木はロングコートの襟を立て足下に気をつけながら、スマートフォンのストロボを飛ばしている警官に近づいた。

「どうだ！」

「あっ、係長、お疲れ様です。タイヤ痕と靴跡を、かろうじて撮影できたと思います」

そう言って提示したスマートフォンの画面には、思ったよりは良好にタイヤ痕が映っていた。

「でかしたぞ！　今度、酒おごる！」

画面を覗き込んでいた渡辺が叫んだ。

「ナベ、頼めるか」

楠木は鑑識バッグを渡辺に手渡した。

積雪の影響で、かなり曖昧にはなっているが、それでも、タイヤ痕と靴跡の型を取っておきたかった。

渡辺は手先が器用だ。積雪した雪を刷毛《はけ》で払って、できるだけ鮮明に型どりしてくれるだろう。

楠木は、懐中電灯をともすと、遺体の側にしゃがみ込んだ。顔をこちら向きにして俯《うつぶ》せに倒れていた。高齢の女性が雪の中で眠るように横たわっている。

苦悩や痛みを感じさせるような表情はない。セーターとズボンを着て、ウォーキングシューズを履いている。このいで立ちでは、凍えるほど寒かったはずだ。

だが、死んでから運ばれたのであれば、寒さも感じなかっただろう。

ざっと見る限り、立て続けに発見される行き倒れ死の特徴と合致している。

楠木は分厚いゴアテックスのスキー手袋を脱ぎ、鑑識用の白手袋を嵌めた。そして、静かに女性の頭に指を這わせた。

先日、東北大法医学者の立田教授が示してくれた開頭の部位を思い出しながら。

指先に何かが引っかかった気がした。手を頭から離して懐中電灯を照らしてみると、白い手袋の指先が赤く染まっていた。

「ナベ！」

渡辺が近づいてきた。

「見ろ」

手袋の指先を示すと、「血ですか。どこに？」と尋ねながらシャッターを切った。

「ガイシャの頭をなでたら、ついた」

「つまり？」

「死んでから、開頭して調べた奴がいる」

「死体遺棄事件で、やれますね」

そういうことだ。楠木は立ち上がると、刑事課長の携帯電話を呼び出した。


（下巻に続く）

本書は、「サンデー毎日」二〇一八年四月二十八日号〜二〇一九年七月十四日号に掲載された連載「神域」を加筆修正のうえ、上下に分冊しました。

装丁　岡田ひと實（フィールドワーク）
写真　Getty Images

真山仁（まやま・じん）

一九六二年生まれ。大阪府出身。同志社大学法学部政治学科卒業。新聞記者・フリーライターを経て二〇〇四年、『ハゲタカ』でデビュー。主な著書に『マグマ』『ベイジン』『レッドゾーン』『プライド』『コラプティオ』『黙示』『グリード』『そして、星の輝く夜がくる』『売国』『雨に泣いてる』『当確師』『海は見えるか』『バラ色の未来』『標的』『オペレーションZ』『シンドローム』『アディオス！　ジャパン　日本はなぜ凋落したのか』『トリガー』など。

この作品はフィクションです。実在の人物・団体・事件などとは一切関係ありません。

神域《しんいき》（上）

印刷　二〇二〇年二月二五日
発行　二〇二〇年三月五日
著者　真山仁《まやまじん》
発行人　黒川昭良
発行所　毎日新聞出版
〒一〇二-〇〇七四
東京都千代田区九段南一-六-一七　千代田会館五階
営業本部　〇三（六二六五）六九四一
図書第一編集部　〇三（六二六五）六七四五

印刷　精文堂印刷
製本　大口製本

ISBN978-4-620-10847-6